用好故事，一次蒐羅**33**個必學句型

繪本100+
輕鬆打造英語
文法力

李貞慧（水瓶面面） 著

王惠美 採訪整理　水腦 繪

目錄
contents

part 1

建立語言的骨幹

學習語言必先掌握它的骨幹，如何組成一個句子？字詞的順序有什麼邏輯？

在這裡，透過優質繪本 *What Ship Is Not a Ship?*、*Roger Is Reading a Book*、*This Is the Way We Go to School* 等書，幫助孩子建立英語句型的基本架構。

part 2

掌握語感的節奏

學習更多時態的變化和更複雜的句子，如虛主詞、假設語氣、動名詞等。

透過幾本適切的繪本如 *It's Okay to Be Different*、*Some Things Are Scary*，進一步掌握語感。

part 3

能夠輕鬆閱讀與寫出完整流暢的英語文章，是許多孩子的目標。

在此介紹的繪本，將讀與寫的能力帶上另一階段，如 *Of Thee I Sing: A Letter to My Daughters*、*17 Things I'm Not Allowed to Do Anymore* 等書，英語力大升級。

讀一本繪本，勝過死背十句文法句型公式

很開心這本書終於問世了。

從開始構思、規劃主題，到書單的彙整，以至提筆撰寫書稿，整個過程花了不少的心思與時間，如今終於成書，心中非常興奮。

起因動念想寫這本書，是因為在教學現場看過許多孩子對英文文法的懼怕，學生們普遍覺得文法很困難、枯燥，往往學得不開心。現在回想起自己國中階段學英文的經驗，也是如此。老師只要開始說到一些文法名詞，如主詞、受詞、主詞補語等，我常深深覺得自己好笨，怎麼都聽不懂老師在說些什麼？可是只要老師提供幾句例句，我便會豁然開朗，原來老師說的句型公式就是這麼一回事啊！一點都不困難嘛！

反思自己的學習歷程，讓我在教授文法句型時，不要孩子硬記句型公式，而是藉由多個例句來帶孩子熟悉某一句型。非常熱愛繪本的我，這幾年一路狂買，不知不覺收藏了超過千本繪本。在大量接觸繪本後，我發現重複句型的繪本很適合拿來做為帶領學生掌握句型的素材，一方面繪本的圖文比課本有趣，可引發孩子的學習興趣；另一方面，孩子不斷在繪本中看到某一句型反覆出現，有效的輸入夠多了，就能自然的輸出正確且符合語用的句子來。

多年來，我持續把繪本閱讀應用在教學中，透過大量繪本閱讀，讓孩子自然而然習慣英文的語感及用法。此外，由於繪本的書寫有時較口語，更貼近英語系國家

的日常用語，所以也能學到一些課本中沒有的單字或俚語。讀完繪本後，再運用繪本的故事設計練習與遊戲，吸引孩子更積極的參與，藉此加深對句型與文法的印象。這麼多年下來，成效極佳，甚至比教科書的效果要好上許多。

我想強調的是，我們不是要透過繪本刻意教文法，這樣太把繪本給教課書化了，反倒辜負了繪本的藝術與美學層次。我們想做的是，從繪本中給予孩子故事脈絡和真實語境，並且提供大量閱讀的機會，讓孩子能夠內化英文的語法和語用。我想，這才是用繪本鍛鍊文法力的精髓與真義。

這些繪本教學所累積的美好經驗，讓我想與更多人分享，不論是教學第一線的教師、英文教育工作者、關心孩子學習的家長，或是共學團體，甚至是孩子本身，都可能是這本書的讀者，希望能透過我所整理的繪本書單，搭配不同句型的引導式閱讀，讓更多孩子能樂在英文、樂在閱讀。

本書的內容安排上，以國中文法句型的學習進程為核心，從國一到國三，哪些英文繪本適合融入哪一文法句型的學習，在書中會一一為大家介紹。要特別說明的是，並非所有文法句型都可找到相關繪本做為學習素材，畢竟繪本一開始並不是為了教授句型而誕生。所以若您發現這本書並未羅列所有國中階段該學會的文法句型重點，原因便在於未能尋獲適合融入某些句型的繪本。而繪本何其多，讀者們一定可以在閱讀繪本的過程中，不斷擴充這份書單，充實自身的英文繪本教學素材喔！

在繪本教學上,我喜歡做「到菜市場買菜的人」,意思是,我喜歡推介自己覺得適合融入課程教學的繪本給老師們,幫老師備菜,然後期待看到這些菜來到不同老師手上,能轉化為一道道各異其趣、卻同樣精采的佳餚,呈現給孩子。有用心揀選食材的備菜者,有認真上菜的掌廚者,這不就是孩子們最大幸福嗎?

很開心有愈來愈多的英文教學工作者加入繪本教學的行列,我會繼續為大家備菜,有新食材會持續透過臉書提供給大家喔。

感謝親子天下的好夥伴佩芬和宜穗為了讓這本書能有更完美的呈現,不斷與我溝通內容架構與文字敘述方式。也感謝惠美的採訪與文字協助,以及水腦為此書繪製可愛逗趣的插圖。這本書倘若能對英語學習者、家長和教育工作者帶來實質助益,親子天下團隊的縝密企劃和細膩編輯絕對居功厥偉。

最後,我認為唯有將英語學習從應付考科模式解放出來,給孩子大量英語閱讀的機會(不管是書本或影片等其他媒材的閱讀),讓孩子有機會接觸、學習真實可用的英語,這才是學習語言的適切觀念與做法,才能真正培養出孩子帶得走的英語力。

水瓶面面

part 1
建立語言
的骨幹

Be 動詞句型

Be 動詞句型是每位英語初學者入門會學到的第一個基本句型，舉凡自我介紹名字或職業：What's your name? My name is Kitty. I am a teacher. 或詢問什麼東西：What is this / that? 都會使用到 Be 動詞句型，是非常實用的基礎句型。

Be 動詞最簡單的用法有中文「是」的意思，但由於中文的「是」並不像英文的 Be 動詞有 am，is，are 的區別，所以在 Be 動詞教學時，我會讓學生做不同 Be 動詞與不同主詞的正確搭配練習，例如 I 應該搭配哪個 Be 動詞、You 應該搭配哪個 Be 動詞等。Be 動詞看似簡單，卻非常重要。基本功要做好，才不至於出現像 I is 或者 You is 這樣的文法錯誤來。

其實很多文法、句型的學習，無須使用傳統的講授方式，不斷耳提面命告訴孩子什麼是 Be 動詞。太多的文法名詞會讓孩子覺得學習英語是枯燥無趣的，而且也十分抽象、難以理解。若能提供大量的真實語料給孩子，讓孩子持續閱讀英文繪本和讀本，輸入的東西夠多了，孩子自然就會歸納出一套文法準則來。你若問一個有大量英語閱讀經驗的孩子：「為什麼 You 要搭配 Be 動詞 are ？」他可能會很納悶地回答你：「沒有為什麼啊，我在書裡看到的就是這樣，從來沒看過有 You is 或 You am 的。」這就是學英文不要脫離真實語料的大量閱讀的原因。

一起讀繪本

What Ship is NOT a Ship?

Harriet Ziefert 文
Josée Masse 圖
Blue Apple Books

困難度：▮▮▮▯▯

What Ship is NOT a Ship? 這是我在教 Be 動詞句型，最常使用來作為教學活動的繪本。它的內容涵蓋了 Be 動詞句型的肯定句、否定句與疑問句，讓學生能從這本繪本中，一次學習到 3 種 Be 動詞句型，很適合初學者來閱讀。曾經有老師觀看過我利用這本繪本的教學演示，產生疑惑，認為這本的句型非常簡單，對中上程度的學生來說，缺乏挑戰性，只是一直重複相似句型的繪本，有需要嗎？這整本繪本透過不同的名稱，不斷地重複 Be 動詞句型，例如：

A panda bear is a bear.　　　A brown bear is a bear.　　　A polar bear is a bear.

What bear is NOT a bear?　　A woolly bear is NOT a bear.

A panda bear is a bear.

A brown bear is a bear.

A polar bear is a bear.

A woolly bear is NOT a bear.

又例如：

An apple pie is a pie.　　　A pumpkin pie is a pie.　　　A key lime pie is a pie.
What pie is NOT a pie?　　A magpie is NOT a pie.

我認為重複句型的繪本，對基礎學習的學生來說，可以達到一回生，二回熟的記誦效果，會對 Be 動詞這個句型熟悉，進而能熟練應用。即使對程度較好的學生而言，這本繪本仍然有新的東西可供學習，例如書中提到的 magpie、woolly bear、hi-hat、littlerbug 等單字都是國中課本裡沒有出現過的，程度較高的孩子可藉由閱讀此書累積更多的字彙量。

我覺得這本繪本的內容設計很巧妙，有一點在玩文字遊戲，讓學生練習時，常有意外的驚喜與收穫，可以帶著孩子長知識。例如繪本中的 pie，大家理所當然地認為是指食物，但是在與不同的單字結合後，卻變成截然不同物種的指涉，例如 magpie（喜鵲）卻是指一種鳥類。這讓學生有意想不到的新奇學習，也感到有趣，原來 woolly bear 竟然不是熊，而是虎蛾的幼蟲名稱。

我喜歡將繪本融入教學的原因，在於透過繪本活潑的圖文搭配，讓學生學習英文時，不會感到枯燥。插圖更是插畫家精心的作品呈現，我認為這是孕育學生美感涵養的方式之一。而繪本的插圖中有許多細節，能引導學生去認識多元的文化，例如在跳馬遊戲的篇幅中，學生學習到，原來中文叫做跳馬，英文卻是跳蛙（leapfrog）；而跳蛙可不是蛙類的名稱喔！畫面呈現出各種來自不同文化背景的小孩子，在一起快樂玩耍，間接教導學生族群融合的觀念。

在繪本教學時，我會做跨領域學習的結合，例如繪本中提到的昆蟲名稱 ladybug（瓢蟲）與 june bug（金甲蟲），我會讓學生向生物老師請教這些昆蟲的特性，讓原本對英文不感興趣，或低效學習的學生，可以從這方面引發好奇心，進而透過自主求知而獲得學習上的成就感。

從這一繪本，不僅能學到 Be 動詞的三種基本句型；還能額外學習到新單字、新知識，包括自然物種的名詞，以及多元文化觀。

透過繪本傳遞的新知識，讓學生也能擴大自己的生活經驗與對世界的了解。繪本畢竟是圖畫，有些繪本中介紹的新知，離學生的生活經驗太遠，例如有學生不曾見過蜂鳥，或者有學生不認識某種樂器，我便會利用 Youtube 與 Google 圖片的搜尋，讓學生看到實物，加深印象。比如說，這本繪本裡頭介紹了一種名為 hi-hat（腳踏拔）的樂器，學生沒聽過這種樂器發出的聲音，會有一種霧裡看花的陌生感，我便從 Youtube 搜尋相關的音樂影片讓學生觀看，協助學生對此樂器有進一步的認識。

現在的學生接觸英文相當早，有不少孩子早在學齡前，就跟著外籍老師學習英語。其實國一的內容很簡單，老師若沒有一些更有新意的教學方法，學生只會感到無聊，沒有耐心上課。因此我才想要變換呈現這些基本句型的教學方式，將自己喜歡的繪本作為素材，與英語教學做結合，後來證明學生很喜歡這樣的繪本教學模式。

有位老師曾向我借這本繪本到課堂試教，後來我收到她的回饋：「上次跟您借了 *What Ship is NOT a Ship?* 這本書，最近陸陸續續講給孩子們聽，感覺他們好像活過來了！因為我利用零碎的時間講，所以有些問題讓他們回去想，他們下課後就很積極地去找答案。讓我感受到繪本的力量，謝謝老師讓我們學校的孩子受惠。」

延伸活動

在繪本教學結束後，通常我會讓學生進行仿作，透過模仿繪本呈現的 Be 動詞例句，在理解之後，創作自己 Be 動詞的句作。從這些仿作中，我發現學生相當能夠吸收，並聯想發揮、靈活應用。例如有學生創作出以下的創意句作：

Strawberry jam is jam.
Orange jam is jam.
What jam is NOT jam?
A traffic jam is NOT jam.

另一仿作：

A marker pen is a pen.
A pencil is a pen.
What pen is NOT a pen?
An apple pen is NOT a pen.

這些仿作看得出學生透過繪本學習之後，能夠舉一反三，創造屬於自己的 Be 動詞句作。繪本經過精心設計，搭配精采的插圖，融入不少趣味且創意元素，可以提升學生的學習動機與樂趣，且可透過句型的重複性來加深印象，達到熟能生巧的效果。

也讀讀這些繪本吧

THIS IS NOT A CAT!
David LaRochelle 文
Mike Wohnoutka 圖
Sterling Children's Books

困難度：

THIS IS NOT A CAT! 是一本劇情簡單但故事性很強的繪本，內容同時呈現肯定、否定與疑問的 Be 動詞句型。內容敘述一所老鼠學校中，老鼠老師在課堂上教導老鼠學生辨認他們的危險敵人——貓的長相，老師介紹了幾個不是貓的圖案，但是學生都不專心聽課，有的打瞌睡；有的摺紙飛機玩。劇情急轉直下，突然教室外出現一隻貓，老師還指著貓自問自答：Is this a cat? This is a cat. 接著才恍然大悟，驚叫：This is a cat! 整間教室因為出現老鼠天敵——貓而驚聲尖叫，大家奪門而出。結局出人意表，其實是一隻偽裝成貓的老鼠，嚇跑其他老鼠，偷吃教室裡的乳酪。當牠正在享受乳酪的美味時，身後出現真正的貓，形成一齣高潮迭起的有趣繪本！

這本繪本因為內容逗趣，相當能抓住學生的注意力，Be 動詞的內容十分適合英語初學者，包括學齡前的幼兒。這樣的故事繪本補充教學，並不會佔用老師太多的授課時間，又能夠活化教學內容，讓學生了解，原來只要學會 Be 動詞的句型，就能看懂一個英文故事。我也鼓勵學生編寫英語小故事的台詞，自行去表演詮釋 Be 動詞，對各種程度的學生，都能從表演當中，找到英語學習的樂趣。

CLOTHESLINE CLUES to Jobs People Do

Kathryn Heling / Deborah Hembrook 文
Andy Robert Davies 圖
Charlesbridge; Reprint edition （March 25, 2014）

困難度：

這本繪本主要是利用 Be 動詞句型來介紹各種職業，繪本中藉由一條曬衣繩上吊掛的工作制服與配件，讓讀者來猜測：「這是從事哪一種職業的人會穿的衣服？」然後在下一頁揭曉正確答案，這裡就會出現 Be 動詞的句型，如：She is a mail carrier. 舉個例子，像有一個跨頁的曬衣繩上出現：oven（烤箱）、apron（圍裙）、puffy hat（高帽子）等配備，孩子從這些暗示應能猜出是指「廚師（chef）」這個職業。

有趣的是，這本繪本除了介紹新的單字之外，學生還能從中學習到，同一種職業在不同國家，在制服上有所差異，例如郵差（mail carrier）在台灣是穿著綠色的制服；在美國則是淺藍色上衣與深藍色長褲。我也會額外上網找出其他國家的郵差制服，在課堂上與學生分享，讓學生也能感受文化上的多元性。

而這本繪本令人激賞之處在於，作者破除性別刻板印象，女性從事的工作項目更多元了，女性可以是木匠，可以是郵差，可以是消防員，也可以是太空人。作者這樣的安排，讓孩子看到天生性別的不同，並不會造成未來選擇工作和生命發展的侷限，只要願意投入熱愛的領域，無關性別，皆可成就自己的一片天。

Little White Fish

Guido van Genechten 文
Guido van Genechten 圖
Clavis

困難度：▮▯▯▯▯

這本繪本是有關一隻小白魚尋找媽媽的過程，途中遇到紅色的螃蟹、橙色的海星、黃色的蝸牛、綠色的烏龜、藍色的鯨魚與紫色的章魚等，簡單故事裡不斷重複呈現 Is this white fish's mummy?（這是小白魚的媽媽嗎？）的 Be 動詞疑問句，再以 Be 動詞肯定句介紹海洋生物以及不同顏色的單字。雖然故事沒有太大的驚奇，但是完全呈現 Be 動詞基本句型，還學到了海洋生物與常見顏色，很適合與學齡前孩童共讀喔！

延伸活動

和孩子共讀完這本繪本之後，可與孩子共同製作小書，例如畫出小黑兔尋找爸爸的過程，並進行如下的延伸口語對話練習：

大人：Is this Black Rabbit's daddy?

小孩：No, it's a bear, and it is brown.

大人：Is this Black Rabbit's daddy?

小孩：No, it's a flamingo, and it's pink.

大人：Is this Black Rabbit's daddy?

小孩：No, it's a giraffe, and it is yellow.

大人：Is this Black Rabbit's daddy?

小孩：No, it's a crocodile, and it is green.

大人：Is this Black Rabbit's daddy?

小孩：Yes, it's Black Rabbit's daddy, and it is black.

I want to be a...
句型

任何人都有願望和欲望，因此日常生活中的對話，一定少不了用到表達「我要……」、「我不要……」的句型，這是個很直接表達欲望的句型，孩童與青少年通常都會很直接、不拐彎抹角地表達自己想要什麼，反而大人就會禮貌性地使用 I would like to... 的說法，因此 I want to 的句型，在孩童或青少年日常生活中便顯得非常實用，而大人則會委婉地使用 I would like to... 的句型來表達需求。

學校的教科書介紹 I want to 的句型時，通常都會搭配職業名稱，很像我們中文作文的「我的志願」，因此，最常出現的句子會是「I want to be a ＋職業名詞」，例如老師、醫生、護士等等。通常孩子們在使用這個句型時，會忘記在職業名稱前面加上冠詞 a，請師長們記得提醒孩子 I 是單數主詞喔！

一起讀繪本

I Can Be Anything!
Jerry Spinelli 文
Jimmy Liao（幾米）圖
Little, Brown Books for Young Readers

困難度：

這是畫風很可愛的繪本，而且看了會有種似曾相識的感覺，大家一定聽過國際知名的台灣插畫藝術家幾米吧！這本就是 Jerry Spinelli 這位外國文字創作者與幾米共同合作的繪本喔！在和孩子共讀這繪本時，是不是覺得格外親切呢？

此繪本的書名是 I Can Be Anything!，作者在首頁就明白地陳述：

When I grow up, what shall I be? 長大後，我想成為什麼樣的人？

Of all the many, many jobs, which one will be the best for me? 這麼多的工作，哪一種最適合我呢？

接下來的篇幅，陸續出現各種身分或工作的名詞，例如：

dandelion blower 吹蒲公英的人

paper-plane folder 摺紙飛機的人

puddle stomper 踩水窪的人

gift unwrapper 拆禮物的人

apple chomper 大口大口啃咬蘋果的人

tin-can kicker 踢鐵罐的人

lemonade swigger 開懷暢飲檸檬汁的人

silly-joke teller 說著無厘頭笑話的人

good-bye waver 揮手道再見的人

乍看之下，內容並沒有出現 I want to 的句型，但我認為這本的內容非常適合轉換為 I want to 的句型，也就是在 I want to be a 後面，加上上述提到的名詞。

一般的課本都會列舉一些貼近生活的實際職業，例如老師、醫生、律師等等，但是這本繪本跳脫對工作制式的想像，作者設計出許多趣味的工作，也許我們這些經過社會化的大人，會認為這些是不切實際的願望，但是這些繪本列舉的工作，卻是很接近孩子們心中最純真的想法。

我在與我家孩子共讀此書時，內頁小孩開心踩水窪的畫面引發他們很大的共鳴。孩子們憶起年幼時，媽媽曾帶著他們，穿著雨衣，出門去公園踩水窪。鄰居看到還關心地詢問，雨天出門不會感冒嗎？我相信，在下著小雨的陰雨天裡，歡快踩水窪的記憶將會存放在孩子心上好久好久，成為他們最美好的童年往事之一。大人在陪伴孩子閱讀這本繪本的同時，看到諸多畫面呈現著身為孩童的可愛純真，也會回想起自己還是小孩時，曾有的單純夢想，也挺暖心的呢！

此外，這繪本所列舉的名詞，都是一個名詞接一個動詞加 er 而形成的名詞，例如 pumpkin grower（種南瓜的人），孩子們可以從中學習仿作這種複合名詞的形成方式。

延伸活動

在導讀結束後，我會讓孩子們試著仿作 I want to be a... 的句子，看看孩子們如何天馬行空地發揮想像力，來描繪他們的願望。

學生仿作

1. I want to be a cat holder.

2. I want to be a video game player. （哈哈，我那夢想成為電競高手的兒子鐵定也會說這句！）

3. I want to be a bubble blower.

4. I want to be a food eater.

5. I want to be a ghost murderer. （抓鬼高手，應該就像是「通靈少女」那樣吧！）

也讀讀這些繪本吧

I Want to Be an Astronaut
Byron Barton 文、圖
HarperCollins; 1 / 29 / 92 edition

困難度：

我想不少孩子都做過當太空人的夢吧！因此，孩子們一看到「我要成為太空人」這個標題，就感到很興奮。作者用簡單的圖畫來介紹當太空人是什麼模樣，例如：要穿太空衣（space suit）；要搭太空梭（space shuttle）到外太空；要生活在無重力（zero gravity）狀態下；東西會在空中飄來飄去；吃太空包食物或睡覺有時是要倒立著；還要在外太空漫步修理衛星（satellite）與架設工作站……等等。

孩子們藉由這本繪本初步認識太空人的工作與生活面貌，可以滿足有太空夢的孩子對太空人的好奇與想像！

繪本中除了出現 I want to be 的句型之外，還出現 I want to ＋原形動詞（我要做……）的句型，提供孩子更豐富多元的句型學習。

Work ： An Occupational ABC

Kellen Hatanaka 文、圖
Groundwood Books

困難度：▯▮▯▯▯

這繪本的畫面深具海報設計的特色，展現出與其他童書繪本很不一樣的風格。作者以英文二十六個字母為開頭，從 A 到 Z 介紹了二十六種職業名稱的英文單字，雖然這也是一本介紹職業的繪本，有趣的是，這裡面提到的職業很多都是非典型的職業項目，例如：jockey（賽馬騎師）、K-9 officer（警犬訓練官）、oceanographer（海洋學家）、ranger（國家公園管理員）、quarterback（美式足球四分衛）、umpire（裁判）、xenologist（研究外星／異形現象者）等等。在繪本的最後篇幅，作者也簡單介紹了繪本中所提到的這二十六種職業的內容概要。

雖然這本書文字部分只是出現職業名稱，並沒有出現 I want to be a... 的句型，但是我認為可以藉由書裡介紹的職業名稱來讓孩子做 I want to be a... 的句型練習喔。不過，這本書提到的職業單字難度偏高，有些字連我都需要去查英文字典呢！之所以會推薦這本繪本的用意，是要讓孩子們知道，原來世界上還有這樣多元的職業類別，連大人也長知識了，算是一本相當另類的字母書。

I Don't Want to be a Frog

Dev Petty 文
Mike Boldt 圖
Doubleday Books for Young Readers

困難度：▯▮▯▯▯

小青蛙正在閱讀一本關於貓的書，突然，他對身旁的青蛙長輩說：
I want to be a cat.（我想當一隻貓！）

長輩回答他：You can't be a cat.（不行，你就是青蛙，不能當貓。）

後來，小青蛙又天外飛來一筆地幻想說，他要當兔子（rabbit）、豬（pig）等其他動物。長輩依舊說：不行！

當然小青蛙很不服氣，回嘴問為什麼他不能變成這些動物，長輩費心地向小青蛙提出各種解釋，例如，小青蛙沒有兔子的長耳朵；沒有豬的捲尾巴（curly tail）等理由。小青蛙依舊無法接受自己是隻黏糊糊的青蛙，抱怨自己要吃蟲子。

後來出現一隻狼對小青蛙說，他什麼動物都吃，就是不吃青蛙，因為青蛙是濕濕黏黏的動物。原來小青蛙所介意的缺點，後來卻成為幸運逃過被狼吃掉的優點。最後，小青蛙終於接受自己是隻青蛙的事實，也樂於當隻吃蟲子的青蛙。

此繪本出現幾個 I want to... 的句型，也有否定的 I don't want to... 的句型。孩子們也可以從這繪本認識到自然界一些動物的生態，包括青蛙、貓、兔子、豬與貓頭鷹等等。

此外，作者藉由小青蛙不喜歡自己，想變成他人，反映孩子許多時候不夠真正了解自我，只一味地自我否定，長輩可以從旁協助孩子們肯定自己的特色，了解自己的優點與長處，這將會轉化成孩子們未來成長發展的養分。

Where 問句
與地方介詞

當我們詢問某樣東西或某人在哪裡時，就會使用到 Where 問句，而回答的句子裡便會出現地方介詞。華人對這個問句的掌握，經常在句子結構的順序上犯錯。華語是把疑問詞「哪裡」放在句子的最後，英語則是把疑問詞放在句首：

Where ＋ is（are）＋東西（人）?

例句：

Where is my pencil case, Mom? 媽，我的鉛筆盒在哪裡？

I can't find my sports shoes. Where are they? 我找不到我的運動鞋。是放到哪裡去了呢？

如果沒有記清楚順序，就很容易出現中文式的英文。

例如：

（X）My pencil case is where?

（X）They are where?

而答句的句子結構如下：

主詞（東西／人）is（are）＋地方介詞＋地點

例句：

Your pencil case is on your desk. 你的鉛筆盒在你的書桌上。

Your sports shoes are at the door. 你的運動鞋在門旁邊。

孩子容易受中文影響，中文語法並不強調每個句子一定要有動詞的存在，以致於孩子常在英文句子中漏寫了動詞。我會提醒孩子，當一個句子找不到任何動詞時，就要記得在主詞的後面加上 Be 動詞，才不會造成句子中沒有動詞的文法錯誤。

此外，答句中會出現地方介詞，常用地方介詞有：in、on、above、under、 over、below 等，孩子也經常不清楚要使用哪一個介詞來搭配地點。這個部分除了需要師長的引導說明，帶著孩子慢慢建立對介詞的理解與熟稔外，我覺得繪本會是孩子很好的學習資源，因為繪本有圖像，可以很快幫助孩子理解不同的地方介詞各代表什麼樣的地理位置。光是跟孩子說：「in 就是『在……裡面』，on 就是『在……上面。』」孩子得到的是非常抽象、模糊的概念，倒不如直接給孩子看圖像來得清楚、具體些。讓我們適時用繪本和圖像式學習法來協助孩子學習語言不卡關吧！

一起讀繪本

Bear & Hare—Where's Bear？

Emily Gravett 文、圖
Simon & Schuster Books for Young Readers

困難度：

繪本的主角是一隻熊和一隻大兔子（hare 指體型比較大的野生兔），他們一起玩捉迷藏（hide-and-seek）。大兔子先當鬼，數完 1 到 10 之後，兔子開始不斷地在室內各個角落找熊，他不斷地問：Where is Bear？（熊在哪裡？）

接著，繪本出現一連串場景，例如：

Inside the teapot? 在茶壺裡面？

Under the rug? 在地毯下面？

In the fish tank? 在魚缸裡？

Behind the picture? 在畫的後面？……等等。

藉由上面這樣的問句，呈現 inside、under、behind 這幾個地方介詞的用法，繪本藉由圖文的相輔相成，孩子們在閱讀文字時，配合插畫一起看，很容易就理解這幾個地方介詞的意思與使用的時機，是不是很棒呢？

由於熊的體型實在太大，無論怎麼躲，都會被兔子發現。兔子每每發現熊時，就會大喊：There!（在那裡！）

後來大熊乾脆躲在床上的棉被底下，兔子這下子怎麼也找不到，他感到很失落，便大聲呼喊：I Want Bear!（我要熊回來！）故事情節的發展當然是熊出現，而兔子破涕為笑。接下來改由熊當鬼，換成兔子跑去躲起來！兔子身形小又善躲藏，你們覺得熊找得到兔子嗎？

這本繪本藉由兔子找熊、熊找兔子的捉迷藏遊戲，帶出 Where 問句以及地方介詞的用法，文句很簡易，結局也很溫馨。

一邊和孩子玩捉迷藏遊戲，一邊進行以下英語口說練習：

Mom:

12345678910. Where is my little girl / boy?

Is she / he under the desk? No.

Is she / he behind the television? No.

Is she / he in the kitchen? No.

Where is my little girl / boy? I want my little girl / boy.

There!

建議多玩幾次這個遊戲，讓孩子熟悉這些英文後，再換媽媽／爸爸
躲起來，讓孩子一邊找媽媽／爸爸，一邊練習以上的語句。

也讀讀
這些
繪本吧

Up and Down

Britta Teckentrup 圖、文
Templar; Ina Ltf edition

困難度：

在寒冷的南極，有兩隻企鵝，因氣候暖化讓冰層裂開，導致牠們分別處在不同的冰山。牠們都很想念對方，其中一隻企鵝終於決定跳入冰冷的海水，展開拜訪朋友的歷險之旅。沿途，企鵝要穿過黑暗的通道，越過虎鯨（殺人鯨），也看見一群會螫人的水母，更發現大章魚的出沒，最後牠還要努力地爬上冰山的頂端，才終於和思念已久的企鵝朋友相見，真是不容易的一段訪友歷程啊。

這本繪本呈現各種地方介詞的使用，其中最值得一提的是，孩子們對於繪本中所提到的 below 與 above; under 與 over 的使用時機，感到非常困惑，就連大人也經常分不清楚而發生使用不當的情形。例如繪本中的這兩句：He swam over the orca whale's big black tail...and under its smooth white belly.（牠游著越過殺人鯨巨大黑色尾巴之上，然後又游著穿過鯨魚平滑的腹部之下。）He swam above the bobbing jellyfish...and below the tickly octopus.（牠游在移動的水母群上方，又游在會搔人癢的章魚下方。）

如果直接將 over 與 above 以中文「在……之上」，而 under 與 below 為「在……之下」的意思來理解，當然會發生混淆。這幾個地方介詞在英文的使用上，是有明顯的區隔，over 與 under 是運用在描述動態的情境；而 above 與 below 是運用在靜態的或者是表達位置的情境上。使用這些介詞的時機，端看使用者想要表達的語意而定。例如上述提到的這兩個例句，作者想要表達企鵝想見朋友的急切，遇到殺人鯨時，牠還是奮力往前游泳，「越過了」尾巴的上面；「穿過了」腹部的下面。

這是傳達企鵝動作的畫面，因此使用 over 與 under；企鵝在游泳途中，發現自己時而游在一群水母的上方，時而游在一隻章魚的下方，這裡作者只是要表達牠當時游泳所處的位置，並沒有要強調牠游泳的動作，因此使用了 above 與 below。

此外，大人可能聽過一首名為 *Bridge over Troubled Water* 的英文歌曲，歌詞中就有一句：Like a bridge over troubled water, I will lay me down.

如果將 over 改成 above，文法上沒有錯，但表達的意思便不盡相同。這首歌是要傳達對所愛的人的支持，當對方有難時，猶如面臨惡水，自己願意躺下變成讓對方順利走過去到達對岸的大橋。有興趣的話，可以到影音網站點閱這首歌來聽聽，大人與小孩可以一起感受這首歌的歌詞所傳達的意涵。

這本繪本的亮點在於作者利用巧妙的小翻頁設計，讓孩子清楚理解這些地方介詞運用的情境，及與之相對應的地方介詞為何，例如：up 與 down、inside 與 outside 等。用抽象文字解釋地方介詞，孩子會感到複雜、不易理解；若能透過繪本生動的圖文，以圖像化的方式來協助孩子掌握地方介詞的涵義與用法，不但能為孩子的英語學習增添樂趣，也更容易看見學習成效。

In This Book

Fani Marceau 文
Joëlle Jolivet 圖
Chronicle Books; Tra edition

困難度：◻◻◻◻◻

這是一本簡明介紹地方介詞 in 的繪本，插畫家 Joëlle Jolivet 的插畫風格有強烈的設計感，任何一頁單獨印製成海報，都會很漂亮，也頗富收藏價值。一本美麗的

圖畫書本身就是藝術品，孩子在閱讀繪本的過程，同時也能陶冶美感，培養對美的鑑賞力與敏銳度。這樣具有美感的英文繪本，已經超越單純作為學習英文的工具角色。

作者將不同事物加以擬人化，在每一內頁重複下面的句型：

I am in the..., said the...

例如：

I am in the hair, said the barrette. 髮夾說，我在頭髮裡。

I am in the nest, said the bird. 小鳥說，我在鳥巢裡。

I am in space, said the planet. 星球說，我在太空裡。

最後，小孩子躺在父親的懷裡撒嬌地說：

And me, I am in your arms. 而我，我在您的懷裡。

結尾是不是很溫馨呢？

Rose's Walk

Pat Hutchins 文、圖

Macmillan Publishing Company; Library Binding edition

困難度：▮▮▯▯▯

一隻名叫 Rose 的母雞，在黃昏時刻從雞舍走出來，打算去散步，但她卻不知身後跟著一隻狐狸，這隻狐狸想要找機會下手，抓住母雞當晚餐吃。而跟著母雞經過各種地點的狐狸，卻總是運氣不佳，遭遇到一連串意外，例如踩到尖銳的農具、掉進水池裡，還被一群蜜蜂追逐。最後，毫不知情的母雞 Rose 愉快地結束散步，準時回到雞舍吃晚餐。

作者在這本繪本中，以地方副詞將劇情串連起來，包括 across the yard（穿過庭院），around the pond（繞過水池），under the beehives（穿過蜂巢底下）。

我在與孩子們共讀這本繪本時，孩子們大部分的反應都是：「母雞好幸運喔！從頭到尾都不知道有狐狸跟在後頭，而且也都沒有被狐狸抓到。」這個故事真的很有意思，頗有「傻人有傻福」的概念呢！是個很有戲感的故事，很適合讓孩子轉化為戲劇做演出喔！

There is / are...
地點

日常生活中,當我們要告訴他人,或通知對方在某個地方有某件東西的時侯,就會使用到 There is / are... ＋地點這個句型。這個句型的難度雖然不高,不過學生剛開始接觸這個句型時,經常無法掌握與動詞 have、has(有)句型的區別,因此,我會花多一點時間來解釋。

如果是要表達「在……地方有……人 / 物」時,就要使用「There is / are... ＋地點」這個句型;若是要表達「某人的所有物」時,就要使用「I / You have...;he / she has...」的句型。

此外,孩子們在 there 此字單獨出現的意義,以及 There is / are 的意義,也會經常發生混淆,例如:
There is a park there. 那邊有座公園。

學生搞不清楚,為什麼一個句子裡出現兩個 there ?我會解釋, There is 是指「有……」,而句尾的 there 是地方副詞,指的是「在那裡」。

孩子們由於受到中文的影響，常常忘記單數名詞前面要加 a，複數名詞後面要加 s。我會建議家長和老師，要不厭其煩地提醒孩子，讓孩子不斷地練習並內化。

英文句子的排列順序，和中文的排列是有差異的，例如，在中文使用上，我們會先說出地點，例如「在公園裡有很多小狗」，但是英文卻將地點放在句子的最後面，變成「有很多小狗在公園」。因此，句子的排列順序也必須向孩子說明，否則孩子很容易寫出中文式的英文。我會向學生解釋，主詞就像人的大腦，動詞像心臟，英文句子中的主詞與動詞要先出現，其他比較次要的字詞都往句子後面放。

Shark in the Park!
Nick Sharratt 文、圖
David Fickling Books

困難度：

學生乍看繪本書名，會覺得不合邏輯，鯊魚明明是海洋生物，怎麼會出現在陸地的公園中？其實，這個書名已經為故事情節埋下玄機喔！我會先將這本繪本從頭到尾帶學生讀一遍，故事說完之後，再介紹繪本出現的文法句型與單字，帶領學生複習繪本中的情節，並練習「There is / are... 地點」的句型。

故事的主角小男孩 Timothy 收到一個望遠鏡，他拿到公園裡四處觀察。突然從望遠鏡裡看到一個像鯊魚鰭的物體，Timothy 以為看到鯊魚，不禁大叫： THERE'S A SHARK IN THE PARK! 這裡就出現標準的「There is / are... 地點」的句型。

有趣的是，作者在繪本的封面和內頁裡，挖了圓形的洞，作為望遠鏡頭，而圓洞中出現的黑色尖尖物體，是某種物體的局部，看起來就像鯊魚鰭。結果翻到下一頁，謎底便揭曉，那並不是鯊魚，而是包括黑貓的耳朵、烏鴉的翅膀，以及父親的飛機頭髮型呢！每次 Timothy 發現像鯊魚鰭的東西，其實都不是鯊魚，這時就可以與孩子玩猜謎遊戲，猜猜看！如果這不是鯊魚，那什麼東西的某個部分，看起來會像是鯊魚鰭呢？

當父親要帶 Timothy 回家時，Timothy 鬆了一口氣說：There are no sharks in the park today! 這裡則出現了 There are... 的否定句型。

作者在繪本的結局，呈現了一個出乎意料的故事結尾。在大家都以為公園裡並沒有鯊魚時，繪本的最後一頁畫面，水池中真的出現一隻黑色鯊魚！從繪本情節的安排，可以看到作者的創意！

這鯊魚系列故事共有三本，另兩本為 *Shark in the Dark!*、*Shark in the Park on the Windy Day*，都是以同樣的方式鋪陳故事的進行，不同的地方在於故事場景的變換，每一本都充滿幽默趣味的元素。

由於這繪本的主角是鯊魚，因此我設計一個延伸活動。提到鯊魚，可以聯想到哪些東西呢？例如 gills（鰓）、carnivore（肉食性生物）、fin（鯊魚鰭）等等，藉此讓學生練習以下的句子：

A shark has...（名詞）
A shark can...（原形動詞）
A shark is...（形容詞）

學生也可以經由這個活動，來認識鯊魚的生態，包括鯊魚身體構造與習性等，透過介紹鯊魚，也可以與同學談談現在鯊魚面臨的生存困境，讓同學也能培養保護海洋生物的觀念，避免海洋生物面臨絕種的浩劫。

我也會讓孩子們針對這本繪本出現的句型模式進行仿作，以下是一位同學的仿作：

Is there a shark in my room?
No, there are no sharks in my room.
That is just a witch hat.

這是尖尖的黑色巫婆帽，不是鯊魚鰭喔！可以看出同學發揮了想像力，充分掌握了故事的幽默元素呢！

這本繪本可以延伸出另一種小活動，就是讓孩子使用照相機或手機，去拍生活中某些物體的局部，讓父母和兄弟姊妹來玩猜猜看遊戲，除了可以練習英文句型，也可以增進親子之間的互動樂趣。

也讀讀這些繪本吧

There Is a TRIBE of KIDS
Lane Smith 文、圖
Roaring Brook Press

困難度：

一般人聽到 kid，最先想到的中文意思是小孩子；但 kid 另外還有一個意涵是小山羊，因此這本繪本的封面圖畫同時呈現小孩子與小山羊。由此可知，繪本書名的意思，可以同時指小孩族群和小山羊族群。

故事中的小男孩原本與一群小山羊成天為伍，但他總是找不到歸屬感，他相信，在世界的某個角落，一定有個屬於自己的族群存在。為了尋找自己的歸屬，小男孩開啟了一趟追尋的旅程。沿途他遇見不同的族群，包括企鵝、水母、鯨魚、大象和黑金剛等等。他試圖融入每個族群，學習這些族群的行為和姿態，例如學烏龜爬行；學黑鳥飛翔。但不管小男孩多麼努力想融入這些族群的生活圈，他依舊發覺自己格格不入，依舊感到孤單空虛。到底哪裡才是小男孩的歸屬呢？他如何才能找到快樂？ 在故事的結局，小男孩終於找到了與自己同為人類的小孩族群，並快樂地與其他孩子們遊戲。整個故事同時也隱喻著人與大自然的關係，從繪本裡也能認識到大自然的不同生物族群。

作者透過這個故事，不斷重複呈現 There is... 以及這個句型的過去式 There was... 的結構。此外，故事裡出現大量不同的單位片語，例如 a colony of、a tribe of、a pile of、an army of... 等等。這些單位片語的意思與使用，連大人閱讀起來都可以長知識。

THERE'S A BEAR ON MY CHAIR

Ross Collins 文、圖
Nosy Crow

困難度：▮▮▯▯▯

這又是一本活潑逗趣的繪本。故事描繪一隻北極熊與一隻小老鼠互不對盤，小老鼠抱怨北極熊佔據自己的椅子，因為北極熊的體型太大，椅子根本沒有多餘的空間可以容得下老鼠，老鼠使盡各種方法，都無法將北極熊趕離椅子。北極熊還在椅子上悠哉地滑起手機呢！小老鼠終於受不了，決定離開，另覓他處落腳。而北極熊看沒人再繼續與牠爭奪椅子，感到無趣，於是起身離開椅子，回到自己的窩。作者在故事最後設計一個意外的結尾，當北極熊走進自己的窩時，大家猜猜看發生什麼事？北極熊發現小老鼠佔據了牠的床，正在呼呼大睡呢！劇情翻轉過來，換成北極熊必須想盡辦法來趕走小老鼠了！這本繪本內容不僅容易了解，而且句子充滿押韻，例如 chair、bear、spare、pear 等，可以讓孩子感受英語的節奏，很適合大聲朗讀。

我會先把故事講完，再把句型挑出來分析，這個故事出現了三處「There is... 地點」的句型：There's a bear on my chair. There isn't any room to spare. 以及 There's a mouse in my house.

值得一提的是，繪本中有一畫面，作者在北極熊的背上，標了一個 ENDANGERED（瀕臨絕種）的字樣，藉機會喚醒大小讀者，提高對於北極熊面臨生存危機的意識。

貞慧老師小補充：

There is / are 否定句：

There are no dogs here.（no 後面若接可數名詞，單複數都可以）

= There is no dog here.

= There are not any dogs here.（any 其後如果接可數名詞，要用複數）

= There is not a dog here.（not a 所表示的否定語氣較強）

祈使句型

舉凡含有命令、指示、要求、建議或勸告鼓勵等語氣的英文句子，就是祈使句型。這個句型恐怕是在傳統親子關係與師生關係的對話中，使用頻率頗高的句型。要對小孩子解釋何謂「祈使句」，我想就是直接白話地比喻：「快把飯吃完！」、「快去寫功課！」、「快上床睡覺！」、「不准大聲吵鬧！」等命令句，就是祈使句。小孩對這樣帶有命令意味的語句應該都不陌生，所以很容易就能夠理解祈使句的含義。

祈使句的句子結構，通常講話的對象就是對方，所以常將主詞「你（You）」省略不用，以原形動詞開頭，如：（You） stand up.（站起來。）
因為是對著眼前的人說話，就算不說 You，對方也知道是在叫他站起來，所以常把主詞 You 省略不講。

其他祈使句的例子還有：
Have a seat.（坐下。）
Drink more water.（多喝水。）
Speak louder.（大聲點。）

祈使句不一定都是如上所舉的例句那麼命令式的口氣，如果想要讓語氣表達得委婉、客氣些，可以加 please（請）這個字，如下：
Please have a seat. = Have a seat, please.（請坐下。）
Please drink more water. = Drink more water, please.（請多喝些水喔。）
Please speak louder. = Speak louder, please.（請大聲點喔。）

我們可以透過言詞的修飾、潤滑，讓人際關係維持和諧狀態，千萬不要變成了愛發號施令的討厭鬼喔，就算是當老師或是為人父母者，對孩子講話也不要常常使用命令的語氣，孩子可是會很反感的。其實啊，不管大人或小孩，都喜歡被好好地對待，讓我們學習好好說話，好好表達，彼此的關係一定會更融洽！

Be Who You Are

Todd Paar 圖、文
Little, Brown and Company

困難度：

這是一本沒有故事劇情的繪本，卻有著十分正面且激勵人心的內容。作者在書名上，便開宗明義地告訴讀者 Be Who You Are!（做你自己！忠於自己！）整本書便以這個核心概念串連不同做自己的方式，例如 Be proud of where you are from.（要對自己的出身感到自豪）；Be a different color.（接受自己與他人的不同膚色）；Speak your language.（說自己的母語）

作者也鼓勵孩子要 Share your feelings.（勇於表達自己的情緒），在繪本中同時介紹了幾個經常使用的表達情緒的英文單字，包括 happy（快樂）、mad（生氣）、sad（悲傷），scared（害怕）等。作者還希望孩子們勇敢嘗試新事物（Try new things.），讓家長趁機鼓勵家裡有挑食習慣的小孩，不要抗拒嘗試不同的食物，例如 tacos, pizza, noodles 等等。

此外，對於霸凌議題，作者也有所關注，希望孩子對自己要有信心（Be confident.）。他畫一隻小老鼠正面迎戰大貓並大喊：NO! 藉此傳達一個訊息：不要懼怕惡勢力，要為自己挺身而出（Stand up for yourself.）。最後，作者鼓勵大家要 Be the best you can be.（盡全力做到最好！）

作者 Todd Parr 藉由正面積極的訊息、簡單線條卻色彩鮮明的圖畫，鼓勵世界各地的孩子，每個人都需要被愛（Every one needs to be loved.）；大家要隨時愛自己（Always love yourself.）。Parr 鼓勵大小讀者要能夠接受並擁抱自己獨特的個性，學習與自己正向對話、自我勉勵。我認為，這本繪本不僅能夠鼓舞孩子，連大人亦能深受啟發與激勵。

這本繪本裡出現的祈使句都是屬於肯定語氣的祈使句，也是典型的帶著鼓勵與建議語氣的祈使句，小孩一看就會知道祈使句是什麼，通常祈使句就是要精簡扼要，才有力道喔。

延伸活動

閱讀完繪本之後，我會請孩子回想自己生活中，是否有什麼需要改進、克服的地方，然後利用三個祈使句寫下對自我的勉勵，例如：

Be a happy girl / boy. 要做個快樂的女孩／男孩。
Keep healthy. 要保持健康。
Drink enough water every day. 每天要喝足夠的水。
Read good books. 要閱讀有益的書。
Be polite. 要有禮貌。
Go to school on time. 要準時上學。

也讀讀這些繪本吧

Can you make a scary face?
Jan Thomas 文、圖
Beach Lane Books

困難度：

這是一本與讀者互動性高的趣味繪本，繪本裡的瓢蟲竟然在跟你說話呢！一下子要你站起來（Stand up!）；一下子要你坐下（Sit down!）；一下子假裝鼻子上有蟲搔癢，要你動動鼻子把蟲甩掉（Wiggle it off!），讓讀者會很好奇地想知道，接下來瓢蟲會要讀者做什麼動作而繼續往下翻閱。瓢蟲不斷對讀者下命令，出現的句子就是所謂的祈使句。

這本繪本真的太有趣啦！光是跟著書中瓢蟲的指令做動作，就足以讓孩子開心地玩遊戲！老師不妨讓全班孩子同時做出最可怕的鬼臉（Make a scary face now!），看看誰的鬼臉最嚇人，能夠嚇跑繪本中最後出現的大青蛙？

延伸活動

閱讀完這本繪本後，我會請孩子找出書中的祈使句，以確認他們真正理解祈使句的定義。

此繪本內容很像一種名為 Simon says 的遊戲（註：中文遊戲名稱為「老師說」），我會將遊戲中的 Simon 改為同學的名字，讓同學發揮想像力，投入瓢蟲的角色，對其他同學下指令，讓遊戲更好玩。指令如：

Wiggle your nose and laugh.

Do the chicken dance.

Make a scary face.

You Can't take an Elephant on the Bus

Patricia Cleveland-Peck 文
David Tazzyman 圖
Bloomsbury Publishing

困難度：▯▮▯▯▯

這是本相當幽默的繪本，作者利用不同動物角色，來談各種不能搭乘交通工具的情況，例如 You can't take an elephant on the bus...（你不能帶大象搭公車），接著作者以一小段幽默的內容，解釋為何不能帶大象上公車，那是因為大象的屁股太重又太胖，會把椅子坐墊，壓得扁扁的，這樣可是會引發車內騷動呢！（It would simply cause a trouble fuss! Elephant bottoms are heavy and fat, and would certainly squash the seats quite flat.）

另外，作者又舉一個情況：不要搭乘海豹開的計程車（don't hail a taxi if the driver's a seal...），看牠那滑溜溜的前鰭（flippers），要如何握緊方向盤呢？搞不好計程車會蛇行，還來個大轉彎，把乘客拋出車外！

在繪本的最後，這一群不適合搭乘各種人類使用的交通工具的動物們，集體大聲地反問：「那我們動物到底要如何才能到處移動呢？（How can we animals get carried about?）什麼才是最適合我們的交通工具？（What's the best vehicle?）」

作者安排了有趣的結局，大象靈機一動，提議所有動物搭乘雲霄飛車（roller coaster），藉此來個博君一笑的結局。師長也可以問問孩子，是不是有更好的提議，來解決動物們的困擾呢？

這本繪本主要呈現的是否定語氣的祈使句：

Don't + 原形動詞（不准做……！）

Never... + 原形動詞 （絕對不能……！）

此外，作者安排不同動物如 hippo（河馬）、 camel（駱駝）、seal（海豹）與 centipede（蜈蚣）作為主詞，並介紹各種交通工具，例如 shopping trolley（購物推車）、 roller skates（溜冰鞋）與 aeroplane（飛機）等，另外搭配各種介詞如 on the bus; in a hot balloon; by train 等。孩子與家長除了可以從這本書學到否定祈使句外，也可以習得豐富的動物名稱以及交通工具名稱等英文單字。

Never Tickle a Tiger

Pamela Butchart 文
Marc Boutavant 圖
Bloomsbury Publishing

困難度：

繪本裡的小女孩 Izzy 是個隨時都很好動、跳上跳下、靜不下來的小孩子。在家，父親會對她說：Stop playing your peas!（別再玩盤子裡的豌豆！）在學校，老師也告誡她： Stop painting your pigtail! （別用你的髮尾來畫圖！）Izzy 嘆息著，其實她也想好好聽話，但她就是控制不了自己！

有一天，全班到校外參觀動物園，老師對 Izzy 千叮嚀萬囑咐，要她千萬別對動物做一些騷擾的動作，包括 stroking（觸摸）、tapping（輕拍）、poking（戳捅）等等，特別是絕對不要去搔癢老虎！（Never ever tickle a tiger!）你覺得 Izzy 會乖乖聽話嗎？

就在全班同學坐下來休息時，Izzy 拿著羽毛，偷偷溜去老虎籠旁，好奇地將羽毛伸進籠子裡，搔癢老虎的尾巴，看看會發生什麼事……。結果，老虎被惹毛了！Raa-aa-ah! 地大聲吼叫，強而有力的前掌，揮斷樹枝，樹上的蛇因此掉下來，咬到了熊，害熊衝撞到海象……，造成動物園內連鎖式的大混亂。此時，Izzy 大喊 Stop! 接著她喊出一連串表達騷動的動作名稱，例如 squealing（尖叫）、squawking（呱呱大叫）、ramming（猛力撞擊）、wriggling（掙扎）等等。經她這麼一吼，所有的混亂都恢復秩序、回歸原狀了！至於 Izzy 呢？她對老師說，她不會再去搔癢老虎了，看起來她似乎已經學到教訓。故事的結尾，Izzy 卻又脫隊，猜猜看！這次她偷偷跑去哪裡？又將引發什麼騷動呢？

這本繪本呈現的祈使句是：Stop+ Ving、否定祈使句。

除了呈現祈使句型外，這繪本同時傳達出一個重要訊息，就是家長不要輕易將孩子的活潑好動，視為一種病症來治療，讓小孩服用藥物。許多時候，孩子的調皮搗蛋，是童年時期的暫時行為，我建議，家長需要多一點耐心看待孩子的好動行為，不應該隨便以「過動症」來評論孩子，這些是需要醫學專業來診斷，隨便將一些醫學名詞冠在孩子身上，很容易傷害孩子的心靈，甚至錯過發掘孩子獨特特質的機會。

6

現在進行式

顧名思義，現在進行式就是此刻、當下正在做的動作。我們每天在親子、家人和朋友之間的相處，不免會對他人正在做什麼事情感到好奇與關心，因此最常使用的現在進行式的句子，恐怕就是 What are you doing now?（你在做什麼？你在幹嘛？）現在進行式的基本句子結構如下：

主詞＋ Be 動詞＋ Ving

其實，在台灣推廣現在進行式的最大功臣，恐怕就是深受喜愛的搖滾天團「五月天」，因為他們的暢銷歌曲「戀愛 ing」，讓動詞加 ing 變成社會時下的流行語，內化到每個大人小孩的日常對話中呢！

我發現，大部分的孩子都能夠掌握現在進行式的概念，比較常出現的錯誤是將句子中的 Be 動詞給疏漏了。孩子只注意到現在進行式須將一般動詞改為現在分詞，也就是在原形動詞後加上 ing，卻沒有留意到當動詞改為現在分詞的形式後，它就不再是動詞，然而一個句子中一定要存在一個動詞，因此要在現在分詞前加上 Be 動詞，否則這個句子缺乏動詞，就不是完整的句子了。

另一個學生常出錯的部分是，動詞加 ing 的一些變化，例如，當動詞結尾是 e 時，要先去掉字尾的 e 再加上 ing；若動詞是屬於「短母音＋子音」的組合，則要重複字尾再加上 ing，例如：drum＋m＋ing。這些規則需要學習者熟記。

ROGER IS READING A BOOK

Koen Van Biesen 文、圖

Eerdmans Books

困難度：

這是典型的現在進行式句型的繪本，內容從頭到尾不斷重複著現在進行式的句子，作者僅僅使用一個時態（現在進行式），就能訴說一個好故事！

繪本的畫面設計很巧妙，作者利用兩個對頁分割兩個場景，一頁是小女孩 Emily 的房間，而對頁的場景則是 Roger 的房間，房間裡還養著一隻狗。兩頁之間的夾縫，竟變成分割兩個場景的牆壁，這樣的安排是不是很有創意呢？

畫面中的 Roger 正在讀書，因此作者在 Emily 的房間，寫上一個大大的 Shhhh！（噓！）安靜一點！為什麼？因為 Roger is reading. Roger is reading a book.（Roger 正在讀書）然而，小女孩 Emily 會真的安靜嗎？接下來作者呈現 Emily 好動的一面，透過現在進行式的句子來表達 Emily 一連串的動作。例如：

Emily is playing a game. Emily 正在玩遊戲。
Emily is singing a song. Emily 正在唱歌。
Emily is playing the drum. Emily 正在打鼓。

隔壁的 Roger 不斷被 Emily 正在進行的動作干擾，無法安靜讀書，剛開始他會敲敲牆壁對 Emily 表達抗議，希望 Emily 能安靜一點。Roger 從原本輕敲牆壁，到後來重擊牆壁，但是 Emily 依舊靜不下來，繼續做各種動作，製造噪音。Roger 終於放棄讀書，他穿上外套，圍上圍巾，決定出門去，獨留小狗在家。

故事劇情到此結束了嗎？當然沒有！這時，突然有人敲 Emily 的門，她開了門，意外收到 Roger 親自送來的禮物盒。故事進行到這裡，我通常會讓學生猜猜看，Roger 送 Emily 什麼禮物？她打開禮物盒，發現是一本書。此時，Roger 也回到家。我讓學生預測：「你想 Emily 這麼好動，有辦法靜下心來閱讀 Roger 送給她的書嗎？」我喜歡在親子或師生共讀繪本的過程中，不斷提問，讓孩子不只是被動地接收大人傳遞的訊息，也能主動地去做故事預測，並針對大人的提問進行進一步的討論與思考。

接下來的故事發展，在不同房間的兩個人都在安靜地閱讀，從白天讀到天黑，還開燈繼續閱讀，一直到 Roger 飼養的小狗終於受不了，開始狂吠。Roger 才發覺，小狗悶在家裡太久了，他應該要帶小狗出門散步了。最後，Roger 與 Emily 帶著小狗，快樂地在雨中散步。

繪本有趣的地方在於，它是有畫面的故事書，畫面會向讀者傳達文字所沒有明說的，例如這本繪本裡，Roger 養了一隻狗，這隻狗從頭到尾都很有戲，我會從故事一開始便提醒孩子留意這隻小狗的舉動。透過畫面，可以看到這隻狗嘴裡咬著一條狗鍊，不斷示意主人 Roger 帶牠外出散步，但是牠一直遭到主人的忽視，最後牠非得依靠狂吠，才能取得主人的注意，真是辛苦牠了！

這本繪本中同時呈現了現在進行式的肯定、否定與疑問句型，很適合拿來做為現在進行式的教學素材。

在這本繪本裡，還出現了許多英文的擬聲詞，例如：
Boing Boing（球彈跳的聲音）
Boom Boom（打鼓的聲音）
Baf Baf（打拳擊的聲音）
Woof Woof（狗吠的聲音）
藉此可以帶孩子比較中英擬聲詞相似或相異之處喔！

另外，此繪本也傳達一個訊息，就是：再怎麼好動的小孩，如果他能找到一本喜愛的書，靜下來閱讀，你就不必擔心他有過動症！

延伸活動

在閱讀繪本之前，我會發給學生每人一張紙，讓他們在聽故事的過程，寫下他們所聽到的現在分詞（V + ing），藉此加深學生對現在分詞的印象。另外，老師也可以實施分組競賽，在師生共讀完繪本後，發給各組一張海報紙，看看哪一組對於繪本中出現的現在分詞，可以寫得最快、最齊全。

另外，也可以結合朗讀與戲劇演出。將學生分組，每組四人，一人當旁白，負責朗讀繪本的文字內容，另外三人則分別飾演 Roger、Emily 以及小狗，將故事提到的動作表演出來。

將靜態的繪本閱讀轉化為動態的戲劇展演，可開發孩子多元智能中的「肢體動覺」智能，讓閱讀引發的效益更加多層次與多面向（在各組上台展演之前，負責場地布置的同學以彩色粉筆在黑板上呈現繪本書名與插圖）。

也讀讀這些繪本吧

What's Up?
Olivia Cosneau and Bernard Duisit 文、圖
Thames & Hudson Ltd.

困難度：

這是一本巧心設計的小開數繪本，裡頭有許多可以動手操作的機關，連大人看了也會愛不釋手地一翻再翻呢！

在這本繪本中，作者介紹許多鳥類名稱的英文單字，例如 owl（貓頭鷹）、hen（母雞）、flamingo（紅鶴）、puffin（海鸚）、woodpecker（啄木鳥）與 redbreast（知更鳥）等等。孩子們光是讀這一本繪本，就可以認識不少鳥類的英文單字。

整本書利用問句 What's up?（What are you doing? 的另一種表達方式）再以機關設計不同鳥類做不同動作，來呈現英語的現在進行式句型，例如：

I'm waking up. 正在甦醒。
I'm laying an egg. 正在下蛋。
I'm taking off. 正要起飛。

孩子們可以動手拉繪本中顯示箭頭的小紙板，就會看到畫面中的鳥做出文字所描述的動作，例如，貓頭鷹做出眼睛慢慢睜開的動作；鵜鶘做出張開嘴捕魚的動作。孩子在課本中學到 take off 這個片語時，意思是「脫下」，但繪本裡的 take off 是指知更鳥「起飛」。作者讓知更鳥起飛的動作可愛又立體地躍然紙上，孩子藉由圖像，很容易就記住 take off 的意思了。

在閱讀此繪本時，我通常會將繪本中提到的動作的現在分詞先遮起來，讓孩子單從圖畫來猜測作者要表達的動作是什麼？而代表這個動作的單字，英文要怎麼說呢？孩子們可以自由地詮釋他們在畫面上所看到的動作，是一本遊戲感十足的繪本，孩子會玩得很開心。

WHO'S DRIVING?

Leo Timmers 文、圖
Gecko Press

困難度：
‖‖‖‖‖

作者利用現在進行式的句型「Who's driving ＋交通工具」（誰開 XX 車？）安排不同動物駕駛著不同交通工具到某個地點，貫穿整個繪本的內容，例如：
Who's driving the fire engine? 誰在開消防車？
Elephant! He's driving to the fire station. 是大象！他正開往消防局。
Wheeooh wheeooh wheeooh 喔伊！喔伊！（英文的消防車聲音）

作者在繪本的畫面上，安排不同的動物，穿著不同的職業制服，讓孩子們來猜，其中是哪一種動物，駕駛畫面上的這種交通工具，要前往何處呢？

藉此，作者介紹了各種不同的交通工具，例如 fire engine（消防車）、limousine（禮車），還有交通工具出現的場地名稱，例如 race track（賽車道）、tennis court

（網球場）等，以及交通工具的擬聲詞，例如brrmm（敞篷車的聲音）、vroom（賽車的聲音）、chug（牽引機車的聲音）等，喜歡車子與動物的孩子，閱讀這本繪本，一定是興味濃厚。

在使用現在進行式的問句時，許多孩子經常不清楚 Who（誰）當主詞時是屬於第幾人稱，如果猜錯，那麼搭配的 Be 動詞也會跟著出錯。因此我會提醒孩子，Who 當主詞時，必須視為第三人稱單數，因此搭配的 Be 動詞是 is，縮寫之後就變成 Who's。

延伸活動

在學到這麼多的交通工具名稱與英文擬聲詞後，可以和孩子玩交通工具與擬聲詞的連連看，由一人提出一種交通工具名稱，其他人回答正確的擬聲詞；或者由一人發出一種擬聲詞，其他人回答正確的交通工具名稱。

FLUFF AND BILLY
Nicola Killen 文、圖
Sterling Children's Book

困難度：oolll

這是一本以友情為主題的繪本，兩隻企鵝 Fluff 與 Billy 感情非常好，總是形影不離，無論 Fluff 做了什麼動作，Billy 也會跟著做相同的動作，例如：

I'm climbing up. 往上爬。

I'm sliding down. 向下滑。

I'm splashing. 潑水。

繪本內容不斷呈現出現在進行式的句型。

突然，Fluff 做了滾雪球的動作，但 Billy 卻做出向 Fluff 丟雪球的動作，Fluff 痛得叫了一聲 Ouch!（唉呦！）兩隻企鵝因此交惡了，彼此都不跟對方說話。接下來兩隻企鵝都變得悶悶不樂，Fluff 看到 Billy 流眼淚，決定主動示好，牠對 Billy 說：「我正在搔癢你的肚子！」（I'm tickling your tummy!）Billy 也眉開眼笑地對 Fluff 做同樣的動作，雙方的不愉快因此化解了，終於又開心地一起遊戲，恢復了珍貴的友誼。

這個故事看似簡單，但作者藉此傳達了一件重要的事情，那就是再怎麼要好的朋友，彼此間難免還是會出現摩擦，但只要其中一方願意放下身段、主動示好，就有機會重新修補珍貴的友情。

延伸活動

繪本結束後，可以與孩子們討論，當和好朋友吵架後，有沒有什麼修復友誼的方法？例如：主動向對方道歉，如果不好意思當面表達，可以寫張紙條告訴對方：「和你吵架，讓我心情很不好，真希望可以繼續與你當朋友，我們和好吧！」或是在好朋友上學忘記帶彩色筆時，主動借他彩色筆，讓他知道你還是關心著他。

我希望讓孩子了解：友情誠可貴，千萬不要動不動就和好友絕交喔！地球上人口這麼多，我們能夠與這麼多人當中的極少數人相逢，是多麼難得的緣分，所以要珍惜每個來到我們身邊的人。就算真的個性不合、相處不來，也犯不著口出惡言，好聚好散吧。

A Splendid Friend, Indeed

Suzanne Bloom 文、圖

Boyds Mills Press

困難度：

這也是一本以俏皮方式傳達友誼可貴的繪本，一隻大白熊想要安靜地看書寫字，
可是一隻白鵝卻在旁邊不斷地干擾白熊，好奇地問東問西：

What are you doing? 你在做什麼？

Are you reading? 你在看書嗎？

I like to read. 我喜歡看書。

Do you want to hear me read? 你要聽我朗讀嗎？

作者利用重複句型，呈現白鵝的各種動作，包括讀書（reading）、寫字（writing）
和思考（thinking）等，可憐的白熊實在不勝其擾。後來白鵝做了點心，想與白
熊分享，他還寫了一張字條念給白熊聽，字條上寫著，白熊是他最棒的朋友，他
並向白熊道謝，這番告白讓白熊大為感動，先前白鵝對他的煩擾他都不介意了，
最後白熊與白鵝相互擁抱。這樣單純的友誼是不是很美好？

延伸活動

讀完繪本後，可以讓孩子們來分享他們與好友間的互動情形，讓孩
子們感受好友對自己的重要性。

星期名稱

利用一週七天，從星期一到星期天的名稱，來表達個人的日常生活作息，藉由星期名稱，孩子們其實可以嘗試寫一小段迷你作文了！標準的句子結構是：

On ＋星期名稱＋主詞＋現在簡單式動詞

例如：

On Sundays we go to the park. 我們每星期天都去公園。

或是將時間副詞擺在句子最後面也可以，如：

We go to the park on Sundays.

孩子們在使用星期名稱時，比較容易犯的錯誤是：與星期名稱搭配的介系詞經常錯用，另外還有星期名稱加 s 的時機。我會跟孩子說明，如果你要表達某一特定日子，那麼介系詞要用 on，例如，你要特定指在星期一這一天，英文就要寫成 on Monday，這裡 Monday 沒有加 s，是因為並非指每一個禮拜一。若要表達自己每週一都會有的固定習慣，就要用 on Mondays（每逢星期一）。

另外，請提醒孩子，星期名稱是專有名詞，別忘了字首要大寫。

Baby Penguins Love Their Mama!

Melissa Guion 文、圖
Philomel Books; Brdbk edition

困難度：

這本繪本描述一個企鵝家庭在一整個星期的日常活動，成員包括企鵝媽媽與許多隻小企鵝，可以想見企鵝媽媽要照顧這一大群企鵝寶寶，是多麼地忙碌。他們都做些什麼活動呢？例如：

There were swimming lessons on Monday. 星期一有游泳課。

Sliding lessons on Tuesday. 星期二上滑冰課。

And waddling on Wednesday. 星期三學習搖擺走路。

作者藉由企鵝母親每天的教學課程，來呈現典型的星期名稱使用方式。企鵝寶寶對每一種學習活動都有不同的感受，例如企鵝寶寶覺得學習搖擺走路很困難，而學習抓魚反而很好玩，大家更愛學習呱呱叫（squawking）On Sunday, after a long week, Mama took a nap.（企鵝媽媽辛苦了一個禮拜之後，在星期天休息喘口氣。）

整本繪本關於星期名稱的呈現非常簡單，家長與孩子們在共讀時，不會有太大的困難。值得一提的是，這本繪本傳達濃濃的親情與溫馨感，企鵝媽媽最後對企鵝寶寶說，牠們很快就能學會游泳、走路和抓魚，會表現得跟企鵝媽媽一樣好，到時候她會感到非常驕傲。企鵝寶寶很有企圖心地回答：也許比您更好！父母聽到孩子們這樣的回答，心情必定是百感交集。

作者表達出父母希望孩子們能夠好好學習，並期待孩子青出於藍而勝於藍，但是又為了孩子們未來有所成就之後，自己就變得不再被孩子需要而感到失落。企鵝媽媽問企鵝寶寶：「如果你們以後每件事都做得比我好，那我還能做什麼呢？」企鵝寶寶貼心的說：「傻媽媽！您就一直當我們的媽媽就好啦！」

這樣的答案，相信身為父母者聽到之後，一定感動得心都要融化了。無論孩子們未來的發展如何，只要我們曾用心陪伴過孩子，孩子對我們的愛將一直都在。

也讀讀這些繪本吧

Today is Monday
Eric Carle 文、圖
出版公司：Puffin

困難度：

想不到吧！繪本大師 Eric Carle 竟是以面紙沾上顏色來創作此繪本的畫面，呈現出各種色彩豐富的動物圖案。這本繪本另搭配了一首兒歌，讓孩子們藉由歌唱，逐漸記住星期名稱與一些常用的食物名稱。例如：

Today is Monday. 今天是週一。

Monday, string beans. 星期一吃四季豆。

All you hungry children 所有肚子餓的孩子們

Come and eat it up. 趕快來吃光光。

Today is Tuesday. 今天是週二。

Tuesday, spaghetti. 週二吃義大利麵。

All you hungry children 所有肚子餓的孩子們

Come and eat it up. 趕快來吃光光。

Today is Thursday. 今天是週四。

Thursday, roast beef. 週四吃烤牛肉。

All you hungry children 所有肚子餓的孩子們

Come and eat it up. 趕快來吃光光。

大人可以和孩子一同歡樂唱遊，一邊輕鬆學習星期名稱喔！

Today We Have No Plans

Jane Godwin 文
Anna Walker 圖
Penguin Books Australia

困難度：oollll

這是以星期名稱發展而成的描繪日常作息的繪本。故事描述一家四口，包括父母親、一個兒子和一個女兒，從星期一到星期天的生活作息。每一頁藉由星期名稱做為開頭，描述當天的活動內容，例如：

On Mondays as the sun comes up, my clock gives me a fright.

每到週一太陽升起，鬧鐘的響聲讓我驚慌。

Every Tuesday after school, we have our swimming class.

每週二放學後，我們去上游泳課。

At Thursday morning orchestra, it's noisy and it's fun.

每週四早上的管絃樂練習活動，真是既吵鬧又好玩。

Friday we have sport at school and it's our shopping day.

每週五我們在學校有運動課，這天也是我們家的購物日。

繪本中的這家人真是活力充沛，每天的作息都填得滿滿的，十分忙碌呢！作者在呈現星期名稱的用法時，使用兩種不同的方式相互替代，例如：on Mondays ＝ every Monday，這兩種表達方式都經常使用，孩子們可以一起學起來。

這家人到了星期天，作息上有了變化。作者藉此暗示星期天是休息日：
Sometimes when Sunday comes around, clock seems to slow their hands.
有時候當星期天來臨時，時鐘的分秒針似乎都走得緩慢。

既然是休息日，活動內容必然與其他的日子很不一樣，例如：
When Mum and Dad at breakfast time, they smile, sit back and say, 'This is a time that's just for us. We have no plans today.'
爸爸媽媽吃早餐時，臉上帶著笑容，悠閒地說：「這天是屬於我們的時間，我們今天完全沒有任何計畫。」

完全沒有外出活動計畫的這家人，待在家裡都在做些什麼呢？其實他們在家裡做的活動也很多，例如：
We might wear pja all day, eat pancake till we're full, build a cubby, bake a cake...
我們整天穿著睡衣、吃煎餅吃到飽、築個舒服的窩、烤蛋糕……

這家人充實的週一至週六活動，與愜意的星期天生活，真是令人羨慕呢！

延伸活動

針對孩子們的英文程度，我設計了兩種練習星期名稱的活動，如果孩子們是初學程度，可以藉由下面這個空白表格，讓孩子們依據自己每天的生活作息，以動詞片語來填寫每日的活動內容，家長與老師則從旁協助孩子需要的單字。

My Daily Life （搭配繪本 *Today We Have No Plans*）

	Monday	Tuesday	Wednesday	Thursday	Friday	Saturday	Sunday
What do I do?							

範例：

My Daily Life （搭配繪本 *Today We Have No Plans*）

	Monday	Tuesday	Wednesday	Thursday	Friday	Saturday	Sunday
What do I do?	Go to school	Go to school	Go to school	Go to school	Go to school	Read novels	Read novels
	Learn English and finish my homework at night	Finish my homework at night	Learn English and Finish my homework at night	Finish my homework at night	Practice street dance	Take a walk with my mom	Watch TV
	Write and draw stories	Write and draw stories	Play the trumpet	Write and draw stories	Play basketball with my classmates	Finish my homework as soon as possible	Listen to popular songs

而針對英語程度比較好的孩子，我會讓他們嘗試利用星期名稱來試寫一篇小作文，例如以下的內容：

I go to school from Mondays to Fridays. I like going to school because I have many friends in my class. On Monday, Tuesday and Thursday nights, I like writing and drawing stories after finishing my homework. And I have English lessons on Monday and Wednesday nights. I also learn how to play the trumpet on Wednesdays and how to do street dance on Fridays.

I don't have to go to school on weekends. On Saturday, I finish my homework as soon as possible. After doing my homework, I like reading novels and taking a walk with my mom. On Sunday, besides reading novels, I like watching TV and listening to popular songs with my brother. My family and I spend wonderful time together on weekends.

助動詞 can

助動詞 can 是國中英語課程會教授的第一個助動詞，它有清楚具體的意義，以中文來理解，就是「可以、能夠」的意思。與助動詞 do、does 比起來，can 的意思與用法更容易了解，句型結構也很簡單，如下：

主詞＋ can ＋原形動詞

這裡要提醒孩子，凡助動詞後面都要加原形動詞，所謂原形動詞就是動詞原本的樣子，不會在字尾加 s、es、ed 或 ing，也不會變成不規則變化的過去式動詞或過去分詞。

其實，孩子學到現在完成式時，會學到助動詞 have 和 has，這兩個助動詞是例外，其後不是加原形動詞，而是加過去分詞。不過這個例外的狀況等孩子學到時再說明即可，教到 can 時，只需單純提醒孩子 can 是助動詞，助動詞後面要加原形動詞。補充太多，反而會讓孩子感到混淆、困難，陪孩子循序漸進、由淺入深一步步慢慢學習，孩子會學得比較順利，也較能建立對英語學習的興趣與成就感。

另外，助動詞 can 的特色是，它本身並沒有單複數的分別，各種人稱搭配的助動詞都是 can，不像助動詞 do 在遇到主詞為第三人稱單數時，必須變身為 does。因此，與 do ／ does 這兩個助動詞相較之下，孩子在使用 can 這個助動詞時，遭遇的困難並不大喔。反而是可以在教到 can 時，協助孩子在腦中多建立一些動詞資料庫，讓孩子可以運用 can 句型來描述自己生活中能夠勝任的事情，例如：

I can play baseball well. 我棒球打得很好。
I can ride a bike. 我會騎腳踏車。
I can speak Taiwanese. 我會說台語。
I can read. 我有能力閱讀。
I can cook. 我會做菜。

一起讀繪本

MY HAND

Satoshi Kitamura（北村悟）文、圖
Andersen Press

困難度：

這是日本繪本創作家北村悟的作品，內容以一個小男孩與一隻貓咪的互動，來呈現手的用處，畫面幽默生動，非常可愛。到底手可以做哪些事呢？

It can push. 它能推。

It can pull. 它能拉。

It can tickle. 它能搔癢。

It can draw. 它能畫畫。

突然，作者話鋒一轉，呈現這樣一句：

When it has nothing to do, it can pick nose. 當手沒有事做時，它可以挖鼻孔。

小男孩做出挖鼻孔的動作時，連貓咪都嚇了一大跳呢！

哈哈！挖鼻孔這件事孩子們都做過吧？連大人應該偶爾也會趁人不注意時偷偷做吧？看到作者來這麼一個幽默的安排，令人會心一笑。

延伸活動

導讀結束之後，我詢問孩子，當他們的手沒事做時，會做些什麼呢？孩子們的答案反映了他們的真實生活喔！例如：

When my hands have nothing to do, I like biting my fingernails.
當我的手沒事做時，我喜歡咬手指甲。
When my hands have nothing to do, they can tickle my younger brother.
當我的手沒事做時，它們可以搔我弟弟的癢。

仿例造句練習，你的手還會做哪些事情呢？請你想想看吧！

也讀讀這些繪本吧

Beautiful Hands

Kathryn Otoshi and Bret Baumgarten 文
Kathryn Otoshi 圖
Blue Dot Press

困難度：

畫風迥異於前一本繪本 *My Hand*，這是一本非常美麗、特別的繪本。插畫家 Kathryn Otoshi 以色彩繽紛的手印、指印來構成每一頁的畫面，而文字部分則傳遞美好正向的訊息。我們可以用雙手來做些什麼呢？雙手可以做許多很棒的事情，例如深植想法、伸展想法、抓住夢想等等，藉此鼓勵大小讀者，且讓我們善用雙手的力量，讓生命變得更加豐厚精彩！

孩子不僅可以從這本繪本學習助動詞 can 的用法；也可以比較 can 和 will（將要）在用法上的差異。助動詞 can 表示一種能力，指能夠做的事；而 will 表示未來即將會做、想做的事，與能力無關。以下面兩個句子為例：

I can write a book within three months. 我能夠在三個月內寫完一本書（我有完成這件事的能力）。

I will write a book within three months. 我將在三個月內寫完一本書（可是能不能做到？這句話就呈現不確定性了）。

繪本中呈現 can 的問句如下：

What can you plant? 你能夠種植什麼？

What can you touch? 你能夠觸碰什麼？

What can you lift? 你能夠舉起什麼？

What can you stretch? 你能夠伸展什麼？

此外，繪本也呈現有關 will 句型，例如：

What will your beautiful hands do today? 今天你美麗的雙手會做什麼事呢？

Will they plant ideas or touch hearts? 它們會種下想法或觸動心靈嗎？

What's a Banana?

Marilyn Singer 文
Greg Pizzoli 圖
Abrams Appleseed

困難度：

作者藉由一根香蕉，發揮無限的想像力，到底一根香蕉能做些什麼呢？例如：

You can grip it and unzip it. 緊握住它，然後剝皮。

Make believe that it's the moon. 假裝它是天上的一輪彎月。

You can wear it—it's a funny yellow hat! 把香蕉皮當成搞笑的黃帽子，戴在頭上。

最後，作者提醒孩子，別忘了，香蕉是水果（Don't forget that it's a fruit!），所以，玩完想像遊戲後，吃根香蕉，嘗嘗它甜甜的滋味吧！

What's an Apple?

Marilyn Singer 文
Greg Pozzoli 圖
Abrams Appleseed

困難度：

這是上一本繪本 *What's a Banana?* 的姊妹作，藉由蘋果來發揮想像力，想像蘋果能夠拿來做什麼？

You can pick it. 可以摘採。

You can sauce it. 可以做成果醬。

You can snuggle it. 可以緊抱著它。

You can bob for it. 可以玩咬蘋果遊戲（這個遊戲常在萬聖節進行）。

同樣地，作者在繪本最後不忘提醒孩子，蘋果是水果，隨時隨地都可以吃喔！

延伸活動

我會換一種蔬果，例如：番茄，讓孩子們發揮想像力，想想番茄可以拿來做什麼？

What's a tomato? I can...

I can eat it. 可以吃。

I can cook it. 可以煮。

I can drink tomato juice. 可以打成果汁來喝。

I can make tomato sauce with fresh tomatoes. 可以做成番茄醬。

I can throw the tomato peel into the trash can, but I don't want to, because the peel also contains nutrition. 可以將果皮丟到垃圾桶，但我不要，因為果皮也含有營養。

現在簡單式

教到現在簡單式時，我會先讓孩子了解現在簡單式和現在進行式有何不同？現在進行式，顧名思義，就是現在此時此刻正在進行的動作，那什麼時候使用現在簡單式呢？表達日常生活作息與習慣的敘述，以及表達真理的句子，都牽涉到現在簡單式。

我發現孩子在現在簡單式的學習上，經常容易遭遇困難而卡關，一方面是他們不熟稔現在簡單式的使用時機；另一方面是使用這個句型時，牽涉到第三人稱單數動詞需要在原形動詞之後加 s 或 es。第三人稱單數對孩子來說，是較為不容易掌握的概念，通常我會解釋，單數就是代表「1」的單位，無論是指涉人或東西，凡數量是「1」，那就是單數。而第三人稱單數就是指扣除第一人稱的 I 與第二人稱的 You 以外的單數，就是第三人稱單數，也就是 He、She 和 It 等。

這樣的說明似乎很清楚，但是學生實際使用還是會產生混淆，例如有些學生會覺得 I 是單數，後面動詞就應該加 s，而忘記 I 是第一人稱單數。另外，孩子們經常忘記哪一個三單動詞後面要加 s，而哪個該加 es，這必須經過不斷練習與記憶，才能達到熟練。

在此我提供一個我常用的三單動詞變化的口訣，讓學生在背誦三單動詞規則時，不會感到枯燥。

規則：動詞字尾為 x, o, s, sh, ch, z 時，加 es。

幫助記憶的小故事（此口訣並非我原創）：

es 先生和老婆吵架，心情不好，跑去酒吧喝了一瓶 XO。喝完酒無處可去，還是決定回家。喝了酒的 es 先生，一路蛇行（s）到家。回到家，因為孩子已經睡了，老婆說：「噓（sh）！安靜！不要吵到孩子。趕快去（ch）睡覺（z）！」

一起讀繪本

How Do Dinosaurs Say Good Night?

Jane Yolen 文
Mark Teague 圖
Blue Sky Press

困難度：

如果家中的小孩是哥吉拉迷或者愛看電影《侏儸紀公園》，一定會很喜歡這本繪本。作者在蝴蝶頁便介紹各種恐龍的英文名稱，例如 Apatosaurus（迷惑龍）、Tyrannosaurus Rex（暴龍）、Pteranodon（翼首龍）和 Triceratops（三角恐龍）等等。

作者以幽默逗趣的手法，藉由恐龍取代小孩當作繪本故事的主角，帶進各種生活教育的主題。例如，上床睡覺的時間到了，該關燈上床時，恐龍寶寶在睡前如何道晚安？恐龍會不會像一般人類小孩一樣，在睡覺之前，出現一些不睡覺、耍賴的壞習慣呢？例如：

Does a dinosaur slam his tail and pout? 是甩尾噘嘴？
Does he throw his teddy bear all about? 亂丟玩具熊嗎？

其他還有跺腳任性地要爸媽再讀一本故事書；哭鬧大叫；撒嬌要媽媽揹；或者趴在床上嚎啕大哭等行為，我想很多小朋友在閱讀這本繪本時，應該會很自然地投射自身曾經有過的一些相似行徑吧！

我之所以挑選這本繪本，是因為內容涵蓋了現在簡單式 Do 與 Does 這兩個助動詞開頭的問句。一開始我會先介紹助動詞的意義，就是要來幫助一般動詞形成否定句與疑問句。在現在簡單式中，第三人稱單數動詞雖然要加上 s 或 es；但是當句中出現助動詞時，就算主詞是第三人稱單數，動詞還是必須以原形動詞登場。我會告訴孩子把 Do 與 Does 當作照妖鏡，當照妖鏡出現時，那麼妖怪動詞就要現出原形囉！

另外，由於孩子們在使用助動詞時，會寫出句子中同時出現助動詞與 Be 動詞的錯誤，我也會藉此澄清他們的迷思概念，告訴他們助動詞是不能與 Be 動詞同時出現在同一個句子中的，為什麼呢？因為助動詞的任務是用來幫助一般動詞形成問句與否定句的，只有句子裡出現一般動詞時，助動詞才有用武之地。若是一個句子裡的動詞，不是一般動詞，而是 Be 動詞的話，Be 動詞自身就可以形成疑問句和否定句，無須再有助動詞。

我會與學生玩一個遊戲，當我說一個主詞時，學生若認為這是三單主詞，就站起來，若不是三單主詞，就坐下來。遊戲最後還站著的，便是冠軍得主。或者改成舉 O 或 X 的牌子來玩這個遊戲，藉此訓練學生能夠立即反應哪些主詞是三單主詞，建立第三人稱單數的概念。

接下來，作者以現在簡單式的否定句 No, dinosaurs don't. 傳達繪本裡提到的所有胡鬧行為，恐龍都不會做，最後以現在簡單式的肯定句，呈現恐龍在睡覺前會有的良好禮儀，包括：

They give a big kiss. 親吻爸媽的臉頰。

They turn out the light. 自己關燈。

They tuck in their tails. 自己蓋被子睡覺。

They whisper, "Good night!" 輕聲道晚安！

繪本的最後呈現現在簡單式的肯定句句型。作者以不直接說教的方式，傳達出大人希望小朋友能夠養成的良好睡前習慣，藉由共讀活動，可以不著痕跡地教育孩子。

延伸活動

這恐龍繪本有一系列書，都是以恐龍代替小孩，陳述小孩子的日常生活基本禮儀，包括「恐龍如何表示我愛你？」（How Do Dinosaurs Say I Love You?）；「恐龍如何說生日快樂？」（How Do Dinosaurs Say Happy Birthday?）；「恐龍如何與牠們的朋友玩？」（How Do Dinosaurs Play with Their Friends?）；「恐龍如何整理自己的房間？」（How Do Dinosaurs Clean Their Rooms?）等等。

這一系列以恐龍為主角的繪本，每一本都有一個生活主題，先以負面的行為來呈現現在簡單式的問句，然後用否定句推翻先前的情節，最後正面描述小孩該有的良好生活習慣，藉此置入合宜的生活

教育。

在導讀這系列的其他繪本時，我先只給孩子看書名，然後讓他們根據書名與繪本中的句子結構，連結自身經驗，來進行仿作練習。孩子們寫完之後，我再與他們分享繪本的內容，孩子們這時都很有興趣知道，自己寫的內容，與作者寫的內容，有哪些是一樣的，而哪些是作者提到，自己卻沒有想到的。

這個延伸活動對英文程度好的小孩比較容易進行，若是英文程度比較參差不齊的班級，我會採取分組，讓小組成員分工合作以利仿作的進行，腦袋瓜裡不時有創意發想的組員負責提供點子，英文程度較好的組員負責把夥伴提供的點子寫成英文句子，擅長繪畫的組員則負責在英文句子旁畫出插圖，讓每個孩子都可以有貢獻一己之力、與夥伴共同完成任務的機會。

學生仿作

主題：How do dinosaurs get well soon?

What if a dinosaur catches the flu?

Does he refuse to see a doctor?

Does he refuse to take medicine?

Does he still go to bed late and eat much junk food?

NO. He drinks lots of water.

He takes medicine after meals.

He goes to sleep much earlier than usual.

He is a good patient.

也讀讀這些繪本吧

I See the Moon and the Moon Sees Me

Jonathan London 文
Peter Fiore 圖
Viking Juvenile

困難度：

這是本小詩氣息濃厚的繪本，作者以現在簡單式句型來描繪繪本裡的小男孩走過各種大自然景象，包括看見高山、海洋、河流、湖泊、樹木、飛鳥、鮮花、太陽、月亮與繁星等等不同的景物。例如：

I see the moon and the moon sees me. God bless the moon, and God bless me.
I see the river and the river sees me. Hello river, are you talking to me?

句子中 I 是第一人稱單數，搭配原形動詞；the Moon 是第三人稱單數，動詞 see 就須加上 s，從這本繪本可以看到現在簡單式在遇到不同人稱當主詞時動詞的變化。整本繪本內容融入自然景物，可以讓小朋友認識大自然相關的英文單字。

提到寫詩，很多人會覺得很困難，但是這本繪本使用簡易字彙與現在簡單式句型，就能呈現相當有意境且帶有押韻的小詩。我會讓孩子在看完這本繪本後，自己也嘗試寫一段小詩的仿作，這樣的仿作也可以訓練想像力。此外，小詩中也出現現在進行式的句型，我會特別提醒孩子，詩中的 see 這個感官動詞是沒有現在進行式的，看到就是看到，不講「正在看到」，所以不會用現在進行式來表達喔！

曾經有幽默的學生嘗試仿作小詩，結果寫出自己與書桌對望的趣味小詩呢！
I see the desk and the desk sees me. Hello desk, are you waiting for me?

延伸活動

學生仿作：	另一仿作：
I see the computer.	I see the dog.
The computer sees me.	The dog sees me.
Hello, computer.	Hello, dog,
Are you waiting for me?	Are you barking at me?

Oskar loves...
Britta Teckentrup 文
Britta Teckentrup 圖
Prestel Junior

困難度：

繪本作者藉由描繪一隻名叫 Oskar 的小黑鳥所喜愛的事物，呈現第三人稱單數動詞加 s，再搭配多樣的形容詞（狀態及顏色）與名詞，例如：

Oskar loves the deep blue ocean...

And soft green grass.

Oskar loves the smell of spring...

And yellow autumn leaves.

繪本描繪大自然的各種現象，例如氣候的四季變換（雪和雨）；一天中白天與夜晚的更迭；自然環境的景物，包括海洋、山丘、落葉、石頭與青草地。孩子們跟著繪本中的小黑鳥感受大自然的美。

延伸活動

What do you love?

透過這個仿句寫作，家長也可以藉機了解孩子的興趣、嗜好，經由這種親子交流，可以拉近與孩子的距離，建立親密互動。有些孩子會寫出 love 加上 to 再加名詞這樣的錯誤，我會解釋，love 後面若要加動詞，才需要加 to，或者是在 love 後面加 Ving 也行。如果 love 後面接名詞的話，就直接加名詞就好囉！這時孩子就會知道認識詞性的必要，因為如果不知道單字的詞性，就很可能寫出文法錯誤連連的句子啦！

Susan Laughs

Jeanne Willis 文
Tony Ross 圖
Henry Holt and Co. (BYR)

困難度：▮▮▯▯▯

這本繪本描述主人翁 Susan 所做的動作，包括：

Susan grins.

Susan flies.

Susan swings.

Susan spins.

Susan trots. 等等

一開始我會讓孩子看著繪本的畫面，猜畫面裡的 Susan 在做什麼動作，進而進行這個動作的三單動詞變化練習。這本繪本出現豐富的動詞，讓孩子能更清楚掌握動作的單字庫與三單動詞的變化。

我喜歡這本繪本的原因，在於整本描述 Susan 的日常動作，直到最後畫面，才讓讀者知道，原來 Susan 是位身障小孩，但是在大人的從旁協助之下，Susan 依舊能夠跟其他正常小朋友一樣，做各種日常生活動作，蘊含著弱勢關懷議題，讓孩子讀完之後，能夠學習以平常心對待身障人士。

有關增加字彙量

繪本中會出現一些超出課本以外的單字，到底要不要要求孩子背誦？一開始，我擔心讓孩子額外記誦繪本裡頭的單字，會形成孩子對繪本的排斥與反感，但後來我發現，單純讓孩子透過繪本去熟悉文法句型，這樣的學習過於薄弱，孩子空有對英文文法句型的認知，卻因為沒有建立豐厚的英文字彙量，而常常無法精準說出或寫出他們的想法與感受，這樣的英文學習是會產生問題的。所以我開始協助孩子累積單字，不分課內課外單字，凡是生活中常用字，多累積一些，總是好的，才不會在遇到各種情境時，想用英文表達，卻有種「有口說不出」的無奈與無力感。

孩子要記憶單字，絕對不能死記，這樣會很痛苦，也記不長久。背單字一定要先了解英文拼音的大致規則，用發音來幫助記憶單字，才是正確的方式。老師或家長可以藉由一些活動和策略，來協助孩子記誦單字。

10

How many 句型

當我們想以英文表達「數量有多少」時，句型結構是：

How many ＋可數複數名詞＋複數 be 動詞 are ＋地點？

請看下面例句：

How many pens are in your pencil case? 你的鉛筆盒裡有多少枝筆？

孩子在使用這個句型時，經常忘記在句子中加上 be 動詞 are，或者忘記在可數名詞後加上複數的 s。我會提醒孩子，many 的中文意思為「許多」，它是用來修飾可數名詞的，既然是「許多」，其後的可數名詞就必須以複數呈現，要記得在名詞字尾加上複數的 s 或 es。而為什麼非得加上 be 動詞 are 不可呢？因為英文句子結構很嚴謹，每個句子一定要有一個動詞才算是完整句。當句子中沒有任何可以代表動作的一般動詞出現時，就必須補上一個 be 動詞來做為此句的動詞。

此外，我們也可以延伸出比較複雜的句型結構如下：

How many ＋可數複數名詞＋ do ／ does ＋主詞＋原形動詞？

例如：

How many apples do you have?
你有幾顆蘋果？

若是要表達不可數名詞的數量有多少，疑問詞就要改成 How much，句型如下：

How much ＋不可數名詞＋ is ＋地點？

（因為是不可數名詞，所以要搭配單數動詞喔！）

例句如下：

How much milk is in the fridge? 冰箱裡有多少牛奶？

或：

How much ＋不可數名詞＋ do/does ＋主詞＋原形動詞？

How much money do you have in your pocket? 你口袋裡有多少錢？

一起讀繪本

How Many Bugs in a Box?

David A. Carter 文、圖

Little Simon

困難度：

這是一本具有機關設計的可愛立體繪本，作者藉由設計不同形狀與顏色的盒子，依序呈現從 1 到 10 的數量。內容推展的過程中，How many 句型不斷重複出現，例如：

How many bugs are in the red box? 紅色盒子裡有多少隻蟲？

How many bugs are in the square box? 方形盒子裡有多少隻蟲？

作者從 1 到 10，呈現不同數量且不同種類和狀態的昆蟲，例如：

One tough bug. 一隻強壯的蟲。

Four fast fleas. 四隻動作迅速的跳蚤。

Nine very long-necked bugs. 九隻長頸蟲。

孩子除了可以動手操作繪本中的機關，仔細印證蟲蟲的數量之外，還可以學到幾個常用的形容詞，如：tough, pretty, fast, hungry 等。

延伸活動

我會藉由 How many 句型，讓學生兩兩一組做口語問答練習，例如：

1. How many people are in your family?

    你家有多少人？

    參考答案：Five people are in my family.

    我家有五個人。

2. How many teachers are in our school?

    我們學校有多少老師？

    參考答案：About sixty teachers are in our school.

    我們學校有大約六十位老師。

3. How many pens are in your pencil box?

    你的鉛筆盒裡有幾枝筆？

    參考答案：5 pens are in my pencil box.

    我的鉛筆盒裡有五枝筆。

4. How many books do you have?

你有多少本書？

參考答案：I love reading. I have about two hundred books.

我喜歡閱讀。我有大約兩百本書。

5. How many classmates do you have?

你有幾個同學？

參考答案：I have 25 classmates.

我有 25 個同學。

6. How many brothers and sisters do you have?

你有幾個兄弟姊妹？

參考答案：I have one brother and one sister.

我有一個哥哥、一個妹妹。

7. How many TV programs do you like? Can you share one of your favorite TV programs with us?

你喜歡多少個電視節目？你可以分享其中一個你最喜愛的電視節目給我們嗎？

參考答案：略（讓學生自由分享他們喜歡的電視節目）。

11

Which 問句

Which 的中文意思是「哪一個」，它是屬於 Wh 疑問詞，一定要放在句首，完整的基本句子結構如下：

Which is ＋形容詞原級或形容詞比較級，單數名詞 or 單數名詞？

例如：

1. Which is better, an apple or a banana?
   哪一個比較好？是蘋果還是香蕉？

2. Which animal is heavier, an elephant or a hippo?
   哪一種動物比較重？大象還是河馬？

3. Which subject is more difficult, English or math?
   哪一科比較困難？英文還是數學？

4. Which one is red, a tomato or a guava?
   哪一個是紅色的？番茄還是芭樂？

Which animal is heavier,
an elephant or a hippo?

以上面第一個句子為例，通常在口語表達時，我們會指著指涉物簡單地說：Which is better? 而省略後面 an apple or a banana 選項的部分。

這個句型並不困難，孩子們比較容易犯的錯誤是，可能用 Yes、No 回答問題慣了，會一不小心就以 Yes 或 No 做為開頭來回答 Which 問句。正確的回答應是直接說出其中一個選項，例如：

Q：Which is better, an apple or a banana?

A：An apple is better. 或 A banana is better.

一起讀繪本

Which is Round? Which is Bigger?

Mineko Mmada 文、圖
Kids Can Press

困難度：

作者以創意的手法來設計內容，完全顛覆了大家原有的認知與思考方式，例如作者在同一個畫面中呈現一顆蘋果和一隻穿山甲，然後詢問讀者：Which one is round?（哪一個是圓形的？）

一般人的刻板印象，一定會不假思索地回答：Apple！但是，接下來作者在下一頁所呈現的是一顆被咬得剩下果核的蘋果，以及一隻把身體捲成圓球狀的穿山甲。這個情況下，大家還會依舊認為蘋果是圓形的嗎？

又例如，作者設計三隻小猴子，一隻手拿紅蘋果；一隻手抱綠皮大西瓜，第三隻猴子則是手中拿著一根香蕉。作者問：Which one is red?（哪一個是紅色的？）

作者在最後的答案埋下了伏筆，一定會讓大小讀者感到意外，驚呼連連地說：「對呀！我怎麼沒想到?!」原來，作者預設的答案不只是紅肉西瓜，猴子的屁股也是紅色的呀，最後這道題目的解答隱藏在封底呢！讀繪本就是要從封面細讀到封底，每個畫面的細節可能都藏著作者的巧心設計與安排，別錯過了喲。

這本內容看似簡單的繪本，其實作者用心良苦地想要藉由幾道問題來提醒大小讀者：我們對事物存在著許多視為理所當然的想法，久而久之就會形成刻板印象，甚至產生偏見。閱讀這本繪本可以是我們鬆動制式且僵化思考方式的開始。

延伸活動

讓孩子仿例造句，練習的句型如下：

Which one is _____, A or B? What do you think?

讓孩子們自由選擇兩個人物或兩樣事物比較，畫線處填入一形容詞原級或比較級，我也會從旁協助引導孩子寫出他們想要表達的正確內容，孩子們可以藉此機會熟稔此句型。

學生的仿作：（讓孩子在他所寫的句子旁畫出他想表達的畫面，也很棒喔，文字與美術創作的結合練習，也是一種多元智能的開發與培養呢！）

1. Which one is faster, a leopard or an airplane? What do you think?
2. Which one is more beautiful, Cinderella or Snow White? What do you think?
3. Which one is more delicious, beef noodles or fried chicken? What do you think?
4. Which one is red, a rose or a tomato? What do you think?

也讀讀這些繪本吧

A Tale of Two Daddies

Vanita Oelschlager 文
Kristin Blackwood and Mike Blanc 圖
Vanita Books

困難度：▫▫▫▫▪

這本繪本明顯呈現出多元成家與性別議題，書名是 *A Tale of Two Daddies*（兩個爸爸的故事），繪本內容開宗明義地描述一個在由兩位父親組成的家庭下成長的小女孩，和一位小男孩的對話。從對話內容來呈現 Which 的句型，例如：

Which dad would build your house in a tree? 哪個爸爸幫妳蓋樹屋？

Which dad helps when your team needs a coach?

當妳的球隊需要教練，哪個爸爸會幫忙？

Which dad cooks you eggs and toast? 哪個爸爸為妳煎蛋和烤吐司？

在傳統的觀念裡，都會認為父親的角色不擅長家事與親子教育，但是從這本繪本裡，小女孩在擁有兩個爸爸的家庭中，依舊健康、活潑且正常地成長，更藉由兩個爸爸的教育，小女孩會爬樹、吊單槓、踢足球、在泥巴裡玩耍；還能獨立地自理生活中的事情，例如自己搭配襪子。完全跳脫一般傳統呈現女孩子的教育方式，例如抱洋娃娃、穿小洋裝、裙子、不會爬樹……等等。最重要的是，作者在最後呈現，小女孩在兩個爸爸的家庭成長，她所獲得的親情，跟其他家庭是一樣的。這是一本溫馨的親子繪本，也是一個討論當代多元成家議題的良好平台，相信師長與孩子們都會深受啟發。

This or That?

Delphine Chedru 文
Bernard Duisit 圖
Thames & Hudson

困難度：▯▯▮▮▮

這是非常簡單又有可愛機關設計的繪本，作者以一句 Which is better?（哪一個比較好？）接著，利用拉條的機關，將同一畫面分隔成兩個物體，例如一個畫面是小狗，將拉條一拉就變成另一個小貓的畫面，藉以延伸 Which 句型的完整用法：

Which is better? A Dog? Or a cat? 哪一個比較好？ 是狗還是貓？

在最後的篇幅，作者也藉由小男孩與小女孩的畫面，再次重複 Which is better? 在拉條的機關設計上是：You? Or me? 小讀者將拉條往下拉之後，則變成：You and me! 從這個設計也看得到作者隱藏傳達著兩性平權的用心喔！

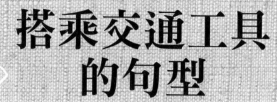

12

搭乘交通工具
的句型

無論大人、小孩，我們每天約莫有三分之一的時間，是花在上學或上班這件事情上，而前往學校或辦公室都要使用到交通工具。在英文裡，搭乘交通工具最常使用的表達方式是：by+ 交通工具名稱。句子結構如下：

主詞＋動詞＋ by ＋交通工具名稱

例如：I go to school by bus.

這個句子也可變換成 I take a bus to school. 另外還有一種表達方式，是將 by 改成 on 或 in，但是交通工具名稱之前就必須加上冠詞 a，像 on a bus, in a car 等。請看下例：

I go to school on a bus.

由此可知，表達搭乘交通工具的英文，
有數種句型可互換。請參考以下所列例句：

I take a bus to school. 我搭乘巴士上學。

= I go to school by bus.

= I go to school on a bus.

I ride a bicycle to school. 我騎單車上學。

= I go to school by bicycle.

= I go to school on a bicycle.

I drive a car to my friend's house. 我開車到朋友家。

= I go to my friend's house by car.

= I go to my friend's house in a car.

另外，請提醒孩子，當要表達「步行」時，英文是：I go to school on foot. 不是 by foot、on a foot 或 on feet。

此外，孩子經常容易發生的錯誤是將 take 與 go 兩個動詞並用，例如：I take a bus go to school. 我會告訴孩子，一個句子只能出現一個動詞，不能同時有兩個動詞出現，因此正確的表達方式應為：I take a bus to school.

This Is the Way We Go to School

Laine Falk 文、圖
Children's Press

困難度：

本書作者以 How do you go to school? 為題，呈現世界各地小孩上學的方式。從這本書裡我們發現，孩子們因處於不同的氣候與地理環境，上學所使用的交通工具種類也很不一樣。以下，我們來看看不同地區的孩子們，是利用什麼交通工具上學？

These children take subway to school in Japan. 在日本，小孩搭地鐵去上學。

These children take a pedicab to school in Vietnam. 越南的小孩搭著三輪車去上學。

These children take a boat to school in Peru. 在祕魯，小孩坐船去上學。

These children ride a snowmobile to school in Canada. 在加拿大，小孩搭雪地摩托車上學。

These children ride donkeys to school in Sudan. 蘇丹的孩子們騎著驢子去上學。

有別於插畫式繪本，這本書全部以真實照片來呈現各國孩子上學所使用的交通工具。小讀者們從這些照片更能深切體會，交通工具的使用是必須因地制宜的。

這本繪本呈現搭乘交通工具的句型包括：take a ＋交通工具名稱、ride a ＋交通工具名稱。

這本書也簡單介紹一些國家特有交通工具的構造與運轉方式，例如，加拿大的雪地摩托車是行駛在積雪很深的地區，車子的構造就不是使用車輪，而是滑雪板喔！

作者在書末也呈現一張世界地圖，讓孩子進一步認識書中提到的國家在世界上所處的地理位置。

This Is the Way We Go to School—
A Book about Children around the World

Edith Baer 文
Steve Björkman 圖
Scholastic

困難度：▮▯▯▯▯

作者以押韻的短句小詩來呈現世界各地小孩上學的方式，書中介紹了各種形形色色的交通工具，包括溜冰鞋（roller skates）、cable car（纜車）、trackless trolley（無軌電車）、vaporetto（義大利威尼斯運河上的汽艇）、直升機（copter）和 skidoo（摩托雪橇）等等，如此多元的交通工具，真是令人大開眼界！

繪本中搭乘交通工具句型，主要是以 by+ 交通工具名稱來呈現，例如：
And the fastest way by far is by school bus or by car.
最快速的方式顯然是搭校車或搭汽車。
Akinyi leaves for school by train, ... Akinyi 搭火車去上學……
William comes ashore by boat, ... William 搭船到對岸去上學……

其中，有一項非常特別的上學方式是 by radio（藉由無線電波）：
Kay and Fay and Flo and Joe go to school by radio.

有些小孩居住在偏遠地區，交通非常不便。對他們來說，上學之路是條艱辛無比的漫漫長路，於是有了無線電波的通訊方式，讓同學能夠持續在家學習。現代社會網路發展相當進步，偏鄉的孩子如今也可以利用網路視訊，與老師進行遠距教學。

最後，作者呈現一張大篇幅的世界地圖，將繪本裡所提到的小孩名字標示在地圖上，讓讀者去想像：「這些小孩是住在什麼樣的國家與環境，才會使用這樣特殊的交通工具去上學呢？」身處在交通便利之地的孩子，能夠輕鬆上學去，真的很幸福啊。

延伸活動

請學生以幾個完整的句子寫出他們家每個人上班或上學所使用的交通工具，例如：

My father goes to work by car.

My mother goes to work by motorcycle.

My sister takes a bus to school.

I ride a bicycle to school.

part 2

掌握語感
的節奏

My ice cream is better than yours.

When... 句型

首先要澄清的是，這裡提到的 When 指的是「當……時候」，而不是做為疑問詞「何時……？」之用。這個句型特別之處在於它並非完整的句子，而是附屬在主要句子中，所以我們稱其為「附屬子句」，When 扮演的是附屬連接詞的角色。由於是附屬子句，它無法脫離主要句子單獨存在，句子結構如下：

When ＋主詞＋動詞（附屬子句）, 主詞＋動詞（主要子句）

此外，它也可以先呈現主要句子，再加 when... 的附屬子句，中間不需要加逗點。句子結構是：

主詞＋動詞＋ when ＋附屬子句

孩子們在這個句型的使用上，經常忘記 When ＋附屬子句之後要加上逗點，與主要子句隔開。此外，孩子們也常忘記 When 之後接的是一個附屬子句，之所以稱之為「子句」，就表示它必須同時存在主詞和動詞這兩個部分。不過，如果主要子句與附屬子句的主詞是相同的時候，那麼 when 引導出來的附屬子句的主詞可以被省略，只是這時候附屬子句的動詞形式就會起變化，必須把動詞變形為Ving 的形式。

例：
When I feel sad, I like talking with my best friend, Sally.
= When feeling sad, I like talking with my best friend, Sally.

一起讀繪本

The Rainbow Book

Kate Ohrt 圖、文
Accord Publishing, a division of Andrews McMeel

困難度：

這本繪本之所以迷人，在於其色彩豐富的內頁，作者利用彩虹的紅橙黃綠藍靛紫之七彩色譜來設計內容，畫面以鏤空的圖案呈現，很類似剪紙藝術創作。作者一開始以 I feel more colorful.（我覺得心情多采多姿）作為繪本的引言，接著作者以各種顏色來形容心情，例如：

When I feel pink, I feel sweet and cuddly.
當我覺得粉紅色時，我的心情是甜美而且想要擁抱的。
When I feel red, I am fiery and bold.
當我覺得紅色時，我的心情是熱烈且無畏的。

作者以 When 句型，藉由不同的顏色來呈現人的各種情緒與情感。最後，作者以 Sometimes I feel like a rainbow, letting all my colors show.（有時候我覺得像座彩虹，充分展現我的各種心情。）

這是一本非常適合作為情緒教育的繪本，幫助孩子學習表達自己內心的感受與情緒的變化。

延伸活動

每個孩子對同一種顏色的心情感受都不一樣，因此在孩子的仿作上，能看出孩子們不同的心理狀態。我會用以下的句型，讓孩子自行填寫空白處的顏色與心情狀態形容詞，這個句型可以讓孩子們練習使用形容詞來表達自己的感受。

When I feel ＋顏色形容詞，I feel ＋心情狀態形容詞。

在引導孩子仿作的過程，有少數孩子寫出的句子裡隱含著灰色的心境，這時我會提醒自己能夠付出多一點心思，來關懷這些孩子的生活環境與心理狀況。

也讀讀
這些
繪本吧

Forever

Emma Dodd 文、圖
Templar

困難度：

這是關於北極熊爸爸與熊寶寶互動的繪本，作者藉由熊爸爸對熊寶寶說的話，呈現父子之間的濃密親情，也呈現 When 的句型用法，例如熊爸爸說：

When you are happy, full of fun, I will be happy too.
當你快樂，充滿欣喜的時候，我也會很快樂。

這句話裡的主要句子出現未來式，也就是熊寶寶先感到快樂之後，熊爸爸也才會感到快樂，所以熊爸爸的快樂是發生在熊寶寶的快樂之後。大人在導讀時，可以藉著這個機會，訓練孩子的邏輯思考。

這個句子常讓孩子感到困惑的地方是：「為什麼主要子句是未來式，附屬子句卻用現在簡單式，同一個句子裡，怎麼會出現時態不一致的狀況？」我會跟孩子說明，由於必須在附屬子句所陳述的事情變為「事實」之後，主要子句提到的事情才會發生，所以附屬子句須用現在簡單式來表達事實，而主要子句所描述的事情因為目前尚未發生，所以是使用未來式來呈現。

I'll do my best to cheer you up when you are feeling sad.
當你悲傷的時候，我會盡力哄你開心。

上面這句是將 when 引導出來的附屬子句放在句子後半段的範例，when 之前無須加上逗點符號。

繪本裡的熊爸爸展現出父親對孩子無限的愛，這個溫馨的故事很適合與幼童共讀，幼兒依偎在自己父母親的懷裡聽了這個故事之後，肯定會倍感親情的呵護，在心理上產生極大的安全感。

I Love You Always

Astrid Desbordes; translated by Noelia Hobeika 文
Pauline Martin 圖
Little Gestalten

困難度：▮▮▮▮▮

「親情」是兒童繪本經常擷取、也是最能發揮的題材。這本繪本裡的小男孩 Max 在向媽媽道晚安之前，就像所有的小孩會有的撒嬌方式，向他的媽媽確認：

Mom, will you love me my whole life? 媽媽，您會一輩子都愛我嗎？

媽媽藉由各種生命歷程和生活情境，從懷孕開始，到 Max 出生之後，到 Max 成長過程發生的所有大小細節，來回答 Max 的問題，而媽媽的這些回答都是以 when 的句型來呈現，例如：

I love you when you can see it and when you don't.

不管你看不看得見這份愛，我都會愛著你。

I love you when you do it my way and when you do it your way.

不管你聽不聽話，我都會愛你。

I love you when you're against me and when you're against me.

不管你依偎在我身旁或是反抗我，我都會愛你（說明：此句用了兩次 against 這個字，但兩次所表達的意思不一樣喔！）

I love you when you listen to me and when it's my turn to listen to you.

不管是你聽我說話，還是輪到我傾聽你說話，我都會愛你。

這本繪本非常溫馨，描述出媽媽對孩子無條件的愛。媽媽溫柔地細數，在生命中的任何時刻，她都會一直一直愛著她的寶貝兒子，直到永遠永遠。家長可以拿這本書來表達對孩子的愛。從媽媽的回答，讓孩子們了解，無論孩子的個性如何，未來的發展與成就如何，媽媽的愛是無所不在，也毫不保留，同時充滿著對孩子個人特質的尊重，例如：

I love you when you succeed and when you haven't succeeded yet.

當你成功或尚未成功，我都愛你。

另外，作者在繪本中傳達一個重要訊息，那就是：「孩子是獨立的個體，並非父母的附屬品，他終將長成屬於他自己的模樣。」

I love you because you are my child although you will never belong to me.

即使你將不會永遠屬於我，我還是愛你，因為你是我的孩子。

這句話很觸動我，是非常值得身為父母的我們深思的一句話啊。

White Is for Blueberry

George Shannon 文
Laura Dronzek 圖
Greenwillow Books

困難度：

作者藉由顏色來顛覆一般人對許多事物的刻板印象，例如：

Pink is for crow when it has just hatched from its egg.

咦？怎麼說烏鴉是粉紅色的呢？明明大家都知道烏鴉是黑色的呀！原來當烏鴉剛出生、尚未長出羽毛時，膚色是粉紅色的。

Black is for poppy when we take a time to look inside.

罌粟花是黑色的，不對吧？明明是紅色的啊！原來當我們往罌粟花的花芯探看的時候，就會看見黑色啦。

White is for blueberry when the berry is still too young to pick.

藍莓還沒有成熟的時候是白色的喔。

Purple is for snow when the snow is shadow of us.

奇怪?! 怎麼會說雪是紫色的？真是讓人迷糊了！原來那紫色是我們的影子映照在雪地的顏色，好奇妙喔。

這本繪本的用意是要傳達，事物沒有一定的答案，端看每個人看待事物的角度和時機。不同的時間與角度，事物就會呈現不同的面貌。因此，當家長在教育孩子的時候，也需要多留意自己在教育的過程中，是否加入了自己對某些事物的偏見與成見，無形中影響了孩子對諸多人事物的刻板思考。

I Like it When...

Mary Murphy 文、圖
HMH Books for Young Readers

困難度：▯▯▯▯▯

這是非常簡單的繪本，藉由一個小男孩的角度來詮釋親情，書中所呈現的 when 句型，是放在句子的後半段，例如：

I like it when you hold my hand. 我喜歡你牽著我的手。

I like it when you let me help.（Thank you.） 我喜歡你讓我幫忙（謝謝你！）

I like it when you hug me tight. 我喜歡你把我抱得緊緊的。

以下是幾位學生的仿例造句：

1. I like it when you say you love me.

2. I like it when you cook a delicious meal for me.

3. I like it when we go to the movies together.

4. I like it when you listen to me.

The I Am Not Scared Book

Todd Parr 文、圖

Little, Brown Books for Young Readers

困難度：

繪本創作者 Todd Parr 出版了一系列插畫風格相似的繪本，皆傳達具有啟發性的主題與內容，這一本聚焦在探討「恐懼」與「勇氣」。作者一開始都會舉一種令人害怕的事物，接著再以激勵的方式，鼓勵小讀者們勇敢面對恐懼，例如：

Sometimes I'm scared of the dark. I'm not scared if I have a night-light.

有時我害怕黑暗，但是當我有一盞小夜燈，就不害怕了。

Sometimes I'm scared of dogs. I'm not scared when they give me kisses.

有時我怕狗，但當牠親我時，我就不怕了。

Sometimes I'm scared of monsters and ghosts. I'm not sacred when I see that they aren't real.

有時我害怕鬼怪，但是當我明白他們不是真的時，我就不害怕了。

Sometimes I'm scared on my first day of school. I'm not scared when I make new friends.

有時候上學的第一天我會害怕。當我交到新朋友時，我就不怕了。

Todd Parr 所舉的例子，都非常貼近孩子的生活，他以這本 *The I'm Not Scared Book* 和孩子聊害怕的經驗，讓孩子知道我們每個人都有害怕的時候，有時候我們會害怕某些事物，是因為我們對這些事物不夠了解之故。

Todd Parr 也鼓勵孩子們，心裡有害怕時，可以找個信賴的人聊聊為什麼會有這些害怕的情緒。很多時候，當我們把話說出來，心情輕鬆了，也許就不再那樣害怕了。家人也要多多鼓勵孩子放心把自己的恐懼說出來，並協助孩子克服這些恐懼。

以下是幾位學生的仿作：

1. Sometimes I'm scared of my math teacher. I'm not scared when he smiles at me.

2. Sometimes I'm scared of watching horror movies. I'm not scared when I watch them with my good friends.

3. Sometimes I'm scared of eating spicy food. I'm not scared when the spicy food is really yummy.

Ishi：Simple Tips from a Solid Friend

Akiko Yabuki 文、圖
POW!

困難度：◖▯▮▮▮

書名 Ishi 在日文的意思就是「石頭」，這位日本作者將一顆石頭擬人化，然後呈現石頭遇到各種負面情境或困境時，表現出的正向思考觀點。例如：

When something feels impossible, I sleep and rest. And I try again the next day!

當我發覺某件事不可能達成時，我會先睡一覺，休息一下，然後隔天再試一次！

When I feel bottled up, I move my body. Run, swim, clime a tree!

當我覺得心情鬱悶時，我會伸展我的身體，例如去跑步、游泳、爬樹！

以上例句也是以 when 句型呈現。

無論大人或小孩，在處於不順己意的狀態下，容易掉入負面思考的泥沼中，難以自拔。此時若能讓自己的身體動起來，或轉移注意力，讓自己的腦袋放空一下，或找個朋友聊聊天，或有個信賴的長輩適當引導，也許一下子便能轉念天地寬！

because 句型

because 的中文意思是「因為⋯⋯」，用於表達原因、理由的句型。because 是個附屬連接詞，後面接的是附屬子句，依附在主要子句之前或者之後，句子結構是：

主要子句＋ because ＋附屬子句

或是

Because ＋附屬子句，主要子句

（附屬子句放在主要子句之前時，須加逗點與主要子句隔開）

另外，要注意區分 because 和 because of 用法上的區別。because 和 because of 同樣表達「因為」的意思，但 because 後面要加子句，也就是主詞、動詞缺一不可；because of 則加名詞片語或單詞。請看以下兩個例句，會更清楚這兩者之間用法上的差異：

Because it is raining heavily, we can't go outside. 因為下大雨，我們無法外出。

Because of the heavy rain, we can't go outside.

I Didn't Do My Homework Because...

Davide Cali 文
Benjamin Chaud 圖
Chronicle Books

困難度：

這恐怕是最能引發孩子共鳴的繪本了！每次遇到老師問：「為什麼沒有寫功課？」時，孩子們為了免受責罰，總是想破頭，想找合宜的藉口來為自己脫罪。這本繪本就是在描述：一個小男孩告訴老師他之所以沒能完成作業的各種理由。故事一開始，老師就問小男孩：

So, why didn't you do your homework? 你為什麼沒有做功課？

老師這一問，開啟了小男孩一連串天馬行空、無邊無際的創意發想：

I didn't do my homework because...
我沒有寫作業是因為……

小男孩到底找了哪些不可思議的藉口呢？例如：

An airplane full of monkeys landed in our yard.
一架載滿猴子的飛機降落在我們家後院。

A rebellious robot destroyed my house.
一個不聽指令的機器人毀了我的家。

102

I was abducted by UFO.
我被幽浮綁架了。
We ran out of firewood, so I sacrificed my
homework to stay warm.
我們家的柴火沒了,所以我犧牲我的家庭作業,燒火來
取暖。

小男孩的各種稀奇古怪的藉口,是不是愈聽愈覺
得誇張與不可思議呢?
小男孩看老師面無表情、一副根本不相信他的
話的模樣,便問老師:
So...why don't you believe me? 為什
麼您不相信我?

結局的設計讓人不禁莞爾一笑!作者在老師的回
答上,間接巧妙地置入性行銷,趁機宣傳了他的
這本繪本,幽默感十足。

繼 *I Didn't Do My Homework Because...* 之後,繪本作家 Davide Cali 和 Benjamin
Chaud 再度攜手合作,創作出故事內容同樣幽默荒誕的姊妹作 *A Funny Thing
Happened on the Way to School...*,敘述男孩上學遲到的理由,依舊創意無邊、想
像無限!

而 Davide Cali 和 Benjamin Chaud 這對繪本創作拍檔文思泉湧、靈感不斷電,又
於二〇一六年出版此系列繪本之三,是關於小男孩向老師敘述他的暑假歷險記,
內容相當離譜,結果老師這次竟然相信小男孩所說的一切誇張過程,猜猜看為什
麼?

看完這本書後，也讓孩子用 I didn't do my homework because... 的句型說說自己沒寫作業的原因吧！這本書另搭配了一本塗鴉本，書名叫 *I Didn't Do My Homework Because...Doodle Book of Excuses*，孩子可以在這本塗鴉本裡不受限地自由創作，寫出並畫下各式各樣爆笑、荒誕不經的缺寫作業的理由喔！和孩子一起來解放僵化已久的腦袋吧！

以 I didn't do my homework because... 讓孩子們進行仿作，從以下的例句，會發現孩子們沒做功課的藉口，還真的是不勝枚舉呢！

I didn't do my homework because my mischievous dog ate it.

I didn't do my homework because I thought there was no homework yesterday.

I didn't do my homework because my little brother tore my workbook into pieces.

I didn't do my homework because I could not find any pens to write with.

I didn't do my homework because I forgot to take my schoolbag home.

也讀讀
這些
繪本吧

Why I Love My Mummy

Daniel Howarth 文、圖
Harper Collins Children's Books

困難度：

書中的小企鵝說：「我愛我媽媽，因為她會牽著我的手。」小象則說：「我愛我媽媽，因為她會帶我到好棒的地方。」小海豚說：「我愛我媽媽，因為她會跟我玩。」小貓說：「我愛我媽媽，因為她會幫我的忙。」你呢？你可以說出多少個愛媽媽的理由呢？

透過這本描繪親子溫情的繪本，我們來帶孩子學 because 句型吧！記得提醒孩子 because 後面要加有主詞和動詞的完整句子喔！

書中 because 句型舉例如下：

I love my mummy because she teaches me. 我愛我媽媽，因為她教導我。

I love my mummy because she is beautiful. 我愛我媽媽，因為她好美。

I love my mummy because she smells nice. 我愛我媽媽，因為她聞起來好香。

這本暖心的繪本是不是很適合拿來做為母親節的親子共讀書籍呢？共讀完後，也讓孩子們說說他們愛媽媽的各種理由吧！

Are You Awake?

Sophie Blackall 文、圖
Henry Holt and Co.（BYR）

困難度：

一個名叫 Edward 的小男孩半夜醒過來，開始聲聲喚醒沉睡中的媽媽：「媽咪！你還醒著嗎？」白天已經累得不成人形的媽咪，根本睜不開眼睛，還是得回答小寶貝的話：「我沒有醒著！」接著，小男孩與媽咪開始一連串 why 和 because 問答句型的對話：

Why aren't you awake? 為什麼你不是醒著？

Because I'm asleep. 因為我在睡覺。

Why are asleep? 為什麼你在睡覺？

Because it's still nighttime. 因為現在還是晚上啊！

Why is it still nighttime? 為什麼現在還是晚上？

Because the sun hasn't come up yet. 因為太陽還沒有出來啊！

大部分的父母都經歷過與小孩這樣無厘頭的對話，父母不能對孩子連續不斷的問題攻勢顯露出不耐，才不致無形中扼殺小孩對事物的好奇心，但是接下來，父母就必須面對更多的 why 與 because 囉！

小男孩 Edward 的父親是位機長，此刻正在飛行。Edward 想到爸爸，又緊接著追問媽媽好多道問題：

Why is he flying a plane? 為什麼爸爸正在開飛機？

To take the people where they want to go. 因為他要帶人們飛到他們要去的地方。

Why do they want to go at night? 為什麼他們要晚上去？

So they can be there in the morning. 這樣他們就可以在早上抵達。

這兩句雖然不是用 because 句型來回答，但其意義和 because 所傳達的是一樣的。

活動力再怎麼旺盛的小孩也是會累的。到了清晨，小寶貝睡著了，媽咪卻被小寶貝打斷了睡眠，無法再入眠，此時爸爸也返回家中。接下來，當小男孩再次從睡夢中甦醒過來，又將輪到誰必須承受他可愛又無厘頭的問題轟炸呢？

Be Glad Your Dad...Is Not an Octopus!

Mathew Logelin, Sara Jensen 文
Jared Chapman 圖
Little, Brown and Company

困難度：∎∎∎∎∎

在繪本一開始，作者即呈現故事中的父親生氣（grouchy）、強勢（bossy）的那一面。孩子們實在不怎麼喜歡面對有如此負面形象的爸爸，於是腦海裡冒出了「我們需要一個新爸爸」（We need a new dad.）的念頭。

然而，其實大部分時候，我們會慶幸自己的爸爸不是別人呢！什麼時候我們會有這樣的想法呢？例如：

When he's telling funny stories. 當他說好笑故事的時候。

Singing silly songs. 當他大唱愚蠢歌曲的時候。

可是，當爸爸變得生氣（grouchy）、強勢（bossy）時，孩子們可能就不會因為有這樣的爸爸而感到慶幸了。有時候，甚至會希望爸爸是其他動物呢！不過，作者也提醒孩子們，如果爸爸是其他動物的話，情況可能更糟糕。

接著作者藉由不同的動物替代爸爸，開始呈現一連串的 because 句型，例如：

Be glad your dad is not a DOG, because he would lick your face to say hello.

你要慶幸你的爸爸不是一隻狗，因為牠會舔你的臉來打招呼。

Be glad your dad is not a SKUNK, because he would make you so stinky when you surprised him.

你要慶幸你的爸爸不是一隻臭鼬，因為當你嚇牠時，牠會讓你全身臭氣沖天。

Be glad your dad is not a BEE, because he would always be BUZZZZZZZING.（That would be SUUUUUUUPER annoying.）
你應該慶幸你的爸爸不是一隻蜜蜂，因為牠總是發出嗡嗡嗡的聲音，會讓人不勝其煩。

Be glad your dad is not an OCTOPUS, because he would always win at tag.
你要慶幸你的爸爸不是一隻章魚，因為玩抓人遊戲時牠都會贏。

作者以不同動物的特性，來想像爸爸如果是這些動物的話，會發生哪些瘋狂狀況？讓孩子們察覺自己有現在這個爸爸，其實還挺幸福的，因為他不會做出像其他動物那般瘋狂、難以想像的舉動，而且他會永遠愛著自己的孩子，讓孩子感受到自己的爸爸也不是那麼地糟。

在書末，作者額外利用篇幅，介紹繪本中各種動物的習性，例如：iguanas（鬣蜥蜴）、alligator（短吻鱷）、quail（鵪鶉）、dung beetles（蜣螂）等等，師生或親子可以藉此延伸學習更多動物的生態。

量詞的表達用法

英文表達數量的量詞還不少，這篇文章主要是藉由繪本來加強孩子對以下兩種量詞用法的認識：

1) a box of（一盒）、two cases of（兩箱）等單位量詞：這些單位量詞後面所接的名詞究竟要呈現單數還是複數，則要看該名詞是可數還是不可數名詞。有些孩子會感到困惑：「為何 a box of matches（一盒火柴）是正確的表達？ a 不是單數冠詞嗎？ 為什麼 match 要加 es 變成複數呢？」這裡我會向孩子解釋，因為是一個盒子，所以寫 a box，matches 之所以用複數，是因為一盒火柴盒裡不只一支火柴。如果盒子不只一個，box 就會加上 es，形成複數，例如： two boxes of matches（兩盒火柴）。

2) thousands of （數以千計）、millions of（數以百萬計）等形式的量詞：這類量詞用在表達概括的數量，從這些片語的意思就可知道，既然數量都可以數到千、數到百萬了，表示這些量詞後面應使用複數名詞。

Chimpanzees for Tea!

Jo Empson 文、圖
Philomel Books

困難度：

小男孩的母親給了他一張購物清單，請他幫忙到商店買清單上所列的東西。清單上有些什麼物品呢？ 例如： a bunch of carrots （一把紅蘿蔔）、a box of rice （一盒米）、a can of peas （一罐豌豆）等等。這份購買清單出現了單位量詞。

a bunch of carrots　　a box of rice　　a can of peas

在前往商店途中，突然一陣風吹來，把小男孩手中的清單吹走了。沒有了清單，小男孩開始回憶清單上的物品內容，可是他的記憶完全混淆，沿途他看到任何物品，其名稱的發音若與清單上的品項名稱發音很類似，他就把這些可能是媽媽要他買的東西帶回家。

他到底帶回什麼東西呢？例如：a branch of parrots（一群鸚鵡）、a box of mice（一盒老鼠）, some chimpanzees（一些黑猩猩）, a big furry bear（一隻毛茸茸的大熊）

等等，小男孩將牠們統統帶回家，還辦了個下午茶聚會，媽媽看到當場嚇暈。最後，媽媽卻沒有責怪小男孩，為什麼呢？趕快找這本有趣的書來看看吧！

延伸活動

讓孩子自己去購物也是學習獨立自主的重要教育，藉由這個誇張、幽默的趣味故事，來帶孩子認識英文量詞吧！親子共讀完後，父母也可以讓孩子自己列一張購物清單，寫下五個含有單位量詞的品項，如下：

1. a box of chocolate （一盒巧克力）
2. a cone of ice cream （一支冰淇淋甜筒）
3. a bag of apples （一袋蘋果）
4. a bowl of noodles （一碗麵）
5. a piece of cake （一塊蛋糕）

父母可藉此測試孩子是否已學會如何使用單位量詞，並且讓孩子有實際練習獨立採買的機會。

延伸閱讀

Chimpanzees for Tea 這本繪本的故事脈絡發展，和經典繪本 *Don't Forget the Bacon!*（by Pat Hutchins / Mulberry Books）有異曲同工之妙，在此一併推薦給大家！

也讀讀這些繪本吧

Millions of Cats
Wanda Gag 文、圖
Puffin Books; Reissue edition

困難度：

這是一本相當有歷史的經典繪本，畫面呈現方式有著濃濃的懷舊風，讓人聯想到早期迪士尼（Disney）的黑白卡通影片。

很久很久以前，一對老夫婦住在一處很偏遠的地方，屋子整理得整潔舒適，日子也過得十分愜意，但是老婆婆總覺得生活裡缺少了什麼，而感到不快樂。她對老爺爺說，如果能夠有一隻毛茸茸的貓咪作伴，那就太棒了。老爺爺想要實現老婆婆的願望，就對她說，他一定去找一隻貓咪回來送給老婆婆。

接著，老爺爺出門去找貓咪。他翻越山丘，踏過山谷，走了好久好久，終於來到一處滿滿都是貓咪的小山丘。到底有多少隻呢？數百隻（hundreds of cats）、數千隻（thousands of cats）、數百萬、數十億、數兆隻貓（millions and billions and trillions of cats）。這裡出現了表達概括數量的一種量詞形式。

老爺爺這隻也想要，那隻也喜歡，這隻很漂亮，那隻也很可愛，他猶豫不決要挑哪一隻帶回家。結果，老爺爺竟然把山丘上的貓咪全數帶回家！途中經過水池畔，這數百隻（hundreds of cats）、數千隻（thousands of cats）、數百萬、數十億、數兆隻貓（millions and billions and trillions of cats）同時喵喵叫說牠們口渴了，你可以想像這麼多貓咪同時喵喵叫的情況嗎？然後每隻貓都喝一口水，竟然把水池的水喝乾了，接下來肚子餓了，貓咪們也把整片草原吃光光，實在好嚇人！

老爺爺把這一群數量龐大的貓咪帶回家中，老婆婆看到後嚇呆了，她跟老爺爺說她只需要一隻貓咪陪伴，兩人試圖要解決眼前貓滿為患的問題，老婆婆想，乾脆讓這群貓咪自己去決定吧！

貓咪們為了想成為老夫婦唯一的寵物，不斷地彼此打鬥，最後是哪一隻貓咪勝出？結局顛覆了「強者為王」、「物競天擇」的競爭迷思，令人玩味。

動名詞（Ving）的用法

原形動詞字尾加 ing，可以將動詞轉化為名詞，因此這類由動詞轉變而成的名詞，稱之為「動名詞」。此時，動詞不再是動詞，必須被視為名詞來使用。先前我們談到原形動詞後面加 ing，是作為現在分詞，用於現在進行式，在句子結構中，是要放在 Be 動詞的後面。

動名詞當主詞時，一般情況下必須當作單數來看待，因此，搭配的動詞也必須是單數，為什麼呢？我們用下面的例句來說明：

Telling lies is scary. 說謊是很可怕的。

也可以換成： Telling a lie is scary.

這句的主詞是「說謊」（Telling lies）這「一」件事，因只有指涉一件事，所以 Be 動詞使用的是單數的 is。孩子很容易看到複數的 lies 就以複數的 Be 動詞 are 來做配搭，此時須提醒孩子主詞是 Telling lies，並不單單只是 lies 這個字。

另外，孩子很容易寫出如下的句子：

Tell a lie is scary.

你有發現上面的句子有什麼不對勁的地方嗎？是的，這個句子同時出現了 tell 和 is 兩個動詞，一個句子只能有一個動詞，不能同時出現兩個喔！所以，請提醒孩子，主詞不能是動詞，一定是名詞，否則這個句子就會出現不只一個動詞了，因此務必把動詞 tell 加上 ing，使其詞性轉換成名詞。

接下來的繪本介紹，我們將介紹動名詞在句子裡的兩種用法，一種是當主詞使用，另一種是當主詞補語使用。

一起讀繪本

Some Things Are Scary

Florence Parry Heide 文
Jules Feiffer 圖
Candlewick; Reprint edition

困難度：

無論是大人或小孩，大部分的人都有對某些事物產生恐懼的經驗，甚至後來發展成為生命中的陰影。這本繪本羅列了一些小孩甚或大人會感到害怕的事情，例如：被不喜歡的人環抱、赤腳踩到黏糊糊的東西、說謊、被罵，或是以為自己拿的是牙膏刷牙，後來刷到一半發現不是……等等，繪本內容十分能引起小孩甚至大人的共鳴。

我一邊帶孩子看繪本上列出的可怕事物，一邊問孩子：「你覺得這可怕嗎？」這本書可以讓大人與孩子們針對害怕的事物，進行許多互動與討論，大人可以藉由與孩子對話，找出孩子們害怕的事物和背後的原因，加深對孩子心理狀態的了解，並適時協助孩子克服恐懼。

作者重複以動名詞當作主詞，來呈現想要傳達的內容，其使用的句型結構為：

動名詞（Ving） ＋ is ＋ scary

例如：

Getting hugged by someone you don't like is scary.
被不喜歡的人擁抱是可怕的（我本身就覺得被不喜歡的人擁抱是很可怕的經驗呢！）。

Holding on to someone's hand that isn't your mother's when you thought it was is scary.
牽著你不認識的人的手，但你卻誤以為是自己的媽媽，這是很令人害怕的。

Knowing you're going to grow up to be a grown-up is scary.
知道你即將長大成人是可怕的。

這些例句的主詞相當長，孩子們經常找不到主詞到底在哪裡。我會讓孩子先在句子中找出動詞，而動詞之前的所有內容則為主詞的部分。例如：

Stepping on something squishy when you're in your bare feet is scary.
赤腳踩到黏糊糊的東西是可怕的。

先找到這個句子的動詞 is，在 is 之前這麼多字組成的部分就是此句主詞所在。

Stepping on something squishy when you're in your bare feet is scary.

我和自己的孩子共讀這繪本，也和國中的學生共讀。在與不同年齡層的孩子共讀，可以窺見每個階段的孩子有不同的心思與不同的害怕。這讓我有機會走進我的學生的內心世界，也讓我對自己的孩子有更深一層的了解。

很多國中生對長大成人有恐懼與焦慮感；此外，國中學生開始重視同儕的認可，他們會害怕選組時被孤立，沒有人選他們。另外，有些國中生覺得，發現自己的知心好友其心中認定的最要好的朋友不是自己時，會感覺很可怕、很傷心。

而我在與自己兩個就讀小學的孩子共讀完繪本後，我請他們想想，除了繪本提到的例子之外，還有沒有什麼他們覺得害怕的事物。兒子說是考試，而女兒則說，黑漆漆的環境很可怕，還有聞到弟弟嚼口香糖的味道也很可怕。女兒對味道十分敏感，有很多味道她都不太能忍受，連大人剛刷完牙，嘴裡飄散出來的口氣，她也不太能接受呢！

繪本有些句子觸及到被同儕孤立、排擠，甚至霸凌的議題，例如：
Thinking you're not going to be picked for either side is scary.
想到比賽分組時，自己不會被兩邊挑選成為組員，就感到害怕。
Having people looking at you and laughing and you don't know why is scary.
當別人看著你發出笑聲，但你不知道原因，會令人感到害怕。

這些內容可以讓孩子們思考並回想：「這樣的情形是否也曾發生在自己身上？當別人對自己做出這些舉動時，是否感到害怕與厭惡？」有句話說：「己所不欲，勿施於人。」如果連自己都討厭別人做這些舉動，那麼我們也要避免對他人做出這些不友善的動作。

一本好的繪本，會讓各年齡層的大人與小孩閱讀之後，都能產生共鳴，可以彼此激盪出一些火花，*Some Things Are Scary* 就是這樣的一本書。

學生仿例造句，分享自身害怕經驗：
1. Failing tests is scary.
2. Eating an eggplant is scary.

3. Cutting onions is scary.

4. Staying up late when you are very tired is scary.

5. Staying in a dark room alone is scary.

6. Thinking someday I cannot talk and laugh anymore is scary.

7. Having nightmares is scary.

8. Forgetting to do homework is scary.

9. Having no friends is scary.

10. Seeing a cockroach running toward me is scary.

11. Getting hit by someone I don't know is scary.

也讀讀
這些
繪本吧

That's Dangerous!
Bernadette Gervais 文
Francesco Pittau 圖
Black Dog & Leventhal

困難度：

這是一本很適合做為幼兒安全教育的繪本，內容皆以動名詞當主詞的句型呈現，
列舉出各種危險情境（That's Dangerous.）。例如：

Using a hair dryer in the bathtub 在浴缸裡使用吹風機（會有觸電的危險）

Sticking your fingers in a fan 把手指伸進電風扇（會有遭風扇片割傷指頭的危險）

Drinking something strange 喝到奇怪的飲料（可能有中毒的危險）

Hiding in the washing machine 藏到洗衣機裡（會有受傷、甚至致命的危險）

許多小孩子很天真，誤以為好玩，因此做出許多危險的動作。家長在導讀這本繪本的同時，可以藉此機會教育小孩子辨別危險情況，加強孩子們的危險意識。

Courage
Bernard Waber　圖、文
HMH Books for Young Readers

困難度：▊▊▊▊▊

作者在這本繪本中，描述了各種所謂勇氣的定義與情境，例如：

Courage is being the new kid on the block and saying, flat out, "Hi, my name is Wayne. What's yours?"

所謂勇氣，就是在你剛搬到一個新環境時，能盡你所能地向當地小孩自我介紹：
「嗨！我叫 Wayne，你們叫什麼名字？」

Courage is tasting the vegetable before making a face.

所謂勇氣，就是在做鬼臉之前，勇敢品嘗眼前的蔬菜。

Courage is arriving much too early for a birthday party.

所謂勇氣，就是太早抵達一場慶生會（太早抵達宴會現場，主人都還沒有準備好呢！造成主人的慌亂與困擾，的確挺尷尬的）。

Courage is sending a valentine to someone you secretly admire, and signing your real name.

所謂勇氣，就是在情人節時，以真實身分，送給自己暗戀的對象一封告白情書。

這裡的動名詞不是用來當主詞，而是放在 Be 動詞的後面，補充說明主詞 Courage（勇氣）的意義。孩子看到 Be 動詞加 Ving 的形式，經常會誤以為這是現在進行式，我會引領孩子先去理解句子的語意，就可正確判斷，句子中的 Ving 到底是做為現在進行式的現在分詞之用，還是當做主詞補語。

Happiness Is...500 Things to Be Happy about

Lisa Swerling 文
Ralph Lazar 圖
Chronicle Books

困難度：▮▮▮▯▯

與前面的那本談 Courage（勇氣）的繪本一樣，這本繪本是談論快樂，為快樂下了高達五百種不同的定義，作者真是太厲害了。而內容當中的動名詞，也是用來當主詞 Happiness 的補語。例如：

Happiness is a mother's cooking. 所謂快樂，就是吃媽媽煮的飯菜。

Happiness is finally peeing when you really need to.
所謂快樂，就是內急時終於可以上廁所了！

Happiness is good health. 所謂快樂，就是身體健康。

Happiness is writing a letter to someone instead of sending an email.
所謂快樂，就是用手寫一封信，而不是寫電子郵件給某一個人（在現今這個數位時代裡，能夠收到一封友人滿懷真摯情意的親筆信，真的幸福無比）。

延伸閱讀

作者 Lisa Swerling 和 Ralph Lazar 還合作出版了其他類似題材的圖文小書，例如 *Happiness Is...500 Ways to Be in the Moment*、*Friendship Is...500 Reasons to Appreciate Friends* 等。這幾本書在快樂、友情這兩個主題上都有非常別出心裁的發想。

每個人心中對於快樂、友情都有不同的定義，如果要你為快樂下定義，你會如何詮釋呢？以下是幾位學生的仿作：

Happiness is watching a good movie and getting lost in it.
看到一部好電影並沉浸其中。
Happiness is holding a big teddy bear in my arms.
雙手懷抱著一隻大泰迪熊。
Happiness is helping someone. 助人為快樂之本。
Happiness is looking at the stars at the beach. 在沙灘上仰望繁星。

Getting hugged by someone
You don't like is scary.

5

虛主詞 it 當主詞句型

It 當作主詞時，代表的情況很多樣性，可以指動物的「牠」，也可以指沒有生命的「它」，可以指「時間」，也可以指「天氣」，還可以拿來當虛主詞。看似簡單的 it，居然有這麼多用法，難怪大家會說，愈簡單的字，其實用法愈是多樣複雜呢！

為什麼稱 it 為「虛」主詞？因為 it 當主詞是指某事物，而到底這某事物指的是什麼？it 並沒有直接說出，因此以「虛」稱之。這裡稱為虛主詞，意思就是 it 不是真正的主詞，虛主詞之後會有以不定詞（to V）或名詞子句引導出來的真主詞出現。句型如下：

It is adj. + to V

如：

It is okay to talk about your feelings to others.
和別人談談你的感覺沒有什麼關係。

It's okey that you talk about your feelings to others.

It is adj. ＋ that ＋名詞子句

如：

It is okay that you talk about your feelings to others.
和別人談談你的感覺沒有什麼關係。

為什麼要這麼麻煩，先放 it 這個虛主詞在句子前頭來代替真主詞，其後才出現真主詞？為什麼不直接把真主詞放在句首就好？什麼情況虛主詞會出現？答案是，當真主詞有點長度時，為避免句子出現「頭重腳輕」（主詞過長，就好像頭很重，句子的其他部分很短，就好像腳很輕）比例不均衡的狀況，我們就會先拿 it 放在主詞的位置，然後把真正的主詞放在句子的後面，讓整個句子看起來四平八穩些。以上面的句子為例，若是把真主詞直接放到句首，就會寫成：To talk / Talking about your feelings to others is okay. 這樣就會顯得主詞比句子其他部分來得長很多，比例上就不是那麼地完美喔！

了解 it 虛主詞之所以必須存在的原因，孩子學起這個句型就不會在心裡嘀咕：「幹嘛不直接把真主詞寫出來就好？還要學什麼虛主詞 it 代替真主詞，真是多此一舉！英文也太無聊了吧！」

讓孩子知道文法句型背後的道理，並盡可能給予孩子多一點的真實語料去熟悉此一句型如何在生活中運用，這樣孩子就不會覺得自己老在學一些無用的語言知識而抗拒學習了。而繪本閱讀就是很好的真實語料入門來源嘍！

一起讀繪本

It's Okay to Be Different

Todd Parr 文、圖
Little, Brown Books for Young Readers

困難度：

Todd Parr 的繪本很適合拿來學句型，這位繪本創作家喜歡用同一句型闡述某一主題，而且他的作品內容總是正面、積極、陽光，大小讀者看了之後肯定心情會為之一振、大受鼓舞！像這本 *It's Okay to Be Different* 就是告訴讀者，自己有些地方與他人不同又何妨。凡事沒什麼大不了的，輕鬆看待一切、快樂做自己吧！整本書皆是以 It's okay to.... 這樣的句型來呈現，例如：

It's okay to be missing a tooth (or two or three) 缺一顆牙（或兩、三顆）沒關係。
It's okay to need some help. 需要人家幫忙沒關係。
It's okay to have a different nose. 鼻子跟別人不一樣沒關係。

我的兩個孩子都很好勝，他們對繪本中提到 It's okay to come in last.（得到最後一名沒有什麼關係）很不以為然。在競賽中墊底的感覺真的不好受，沒有人希望自己是跑在最後的那一個。我還是跟孩子說，最後一名大家都不喜歡，但也不需要凡事都去爭第一，當第二名也很好啊！兒子聽了，馬上接話：「第二名有進步的空間。」沒錯，我勉勵孩子，一直當第一名壓力太大，只要做事皆能夠維持一定的水準就很棒，不一定要去在意是否贏過別人。好勝的孩子不會因為我這樣說，他

們就馬上看淡輸贏這件事，總是要自己在人生的過程中慢慢去碰撞、體驗，才會知道什麼是比輸贏更重要的事。身為母親的我不擔心，相信孩子都會長得很好。

繪本裡有個句子，我和我的兩個孩子都很喜歡：

It's okay to do something nice for yourself. 做點對自己好的事沒有什麼關係。

這個句子搭配的插畫是，一個小男孩手上正拿著有十球冰淇淋的甜筒犒賞自己。這真是太棒了！有時候就是要好好寵愛自己、善待自己。有快樂的自己，才能把快樂的正能量傳遞給他人！

英文繪本如果只是拿來學英語，那就大大可惜了，透過親子或師生共讀，我們也可以和孩子聊很多事情喔！和孩子分享我們對許多人事物的想法，也傾聽孩子的心聲與話語。透過英文繪本共讀，我們不只幫助孩子提升英語力，也在無形中促進了與孩子的情感交流，多好！

延伸活動

以下是學生 It's okay to... 的仿寫練習：

1. It's okay to get bad grades.
2. It's okay to lose the game.
3. It's okay to be sad.
4. It's okay to live in a poor family.
5. It's okay to relax yourself sometimes.

延伸閱讀

Todd Parr 另外還有一本呈現虛主詞句型的繪本，書名為 *It's Okay to Make Mistakes*，同樣是正面能量十足的繪本，書裡有下面這麼兩句話，大小讀者看了應該都會有被了解、被撫慰的感受啊：

It's okay to change your mind. Everyone is ready at a different time.

臨時改變心意沒關係，每個人準備好的時機點都不一樣。

作者依照其創作慣例在繪本最後一頁留下一段鼓勵小讀者的話：犯錯沒有關係，連大人也會犯錯，重要的是，我們是否能夠從錯誤中學習，讓自己變得更好。

也讀讀這些繪本吧

It's Tough to Lose Your Balloon

Jarrett J. Krosoczka 文、圖
Knopf Books for Young Readers

困難度：

這本繪本不只是讓孩子學習虛主詞的用法，其傳達的正向思維更是這本書的價值所在。例如，書中提到，把玩具弄壞了，一點都不好玩，但是你可以享受和爺爺一起修理玩具的樂趣；鞋子弄濕了，真糟糕！但也正因為鞋子濕了，你才有正大光明的理由脫掉鞋子，享受光腳丫的舒服；腳擦傷很痛，但你可以得到一個很酷的繃帶，這繃帶甚至可能在黑暗處發光！所以，當生命給你雨水時，記得尋找彩虹喲！（So when life gives you rain, look for the rainbow!）

我覺得這本書向孩子做了很棒的示範，它帶孩子跳脫不愉快的心情，去看見事情美好的一面，讓孩子知道：「我快不快樂，不是取決於外在發生了什麼事情，而是取決於我怎麼看待發生在我身上的事情。我可以因為外在情境而讓自己持續陷於難過或生氣的情緒中，我也可以換個思維，正向看待原本讓我不怎麼開心的事情，設法使自己的心情美麗起來。」家長不妨時時帶著孩子在日常生活中做這種「轉念」的練習喔。

無中生有很困難，但若能給孩子一些真實情境下的好例句做參考，孩子就很容易在這個基礎上變化出屬於自己的句子。就像繪本中出現這樣一句：

It's the worst to have wet shoes but it's the best to go barefoot.

有個學生就模仿此句，造了以下的句子：

It's the worst to lose my watch but it's the best to buy a new one.
是不是很棒呢？

延伸活動

以下是學生的仿例造句：

1. It's boring to read books, but I can get more knowledge.

2. It's wonderful to take a trip, but my dad might spend a lot of money.

3. It's difficult to cheer up when you get into trouble, but if you love what you do and don't give up, you will get something from it. (寫下這個句子的是一位學習動機很強的國二學生，他總是不畏挑戰書寫較長的句子，且每每一寫完，就會馬上請我幫他看看是否有哪裡需要修正？孩子擁有如是主動且強烈的學習動力，真的不怕學不好啊。)

6

連綴動詞的用法

所謂連綴動詞是連接主詞及其補語的動詞，常用的連綴動詞有 look（看起來）、sound（聽起來）、smell（聞起來）、feel（感覺起來），還有 taste（嘗起來），它的基本句子結構是：

主詞＋連綴動詞＋形容詞

例如：It tastes sweet. 它嘗起來甜甜的。

這些連綴動詞後面加上 like（像），意思就會變成「XX 起來像 OO」，其句型如下：

主詞＋連綴動詞＋ like ＋名詞

例如： It tastes like honey. 它嘗起來像蜂蜜。

在教到連綴動詞時，學生比較困惑的是：「之前學到一般動詞時，不是說要用副詞來修飾代表動作的一般動詞嗎？為什麼連綴動詞後面不是加副詞來修飾，而是加形容詞呢？」

我會向學生說明：「連綴動詞的功能和其他一般動詞不一樣的地方在於，其他一般動詞主要是用來描繪動作，像是 run, walk, talk, eat 這些一般動詞都是用來描繪動作的，如果要修飾這些一般動詞，就要用副詞，比如說：run quickly, walk slowly, talk loudly, eat quietly。而連綴動詞比較像是 Be 動詞，它後面之所以接形

容詞是因為它後面的形容詞不是用來修飾連綴動詞的，而是用來修飾主詞的，主詞是名詞所構成，所以當然是用形容詞來修飾囉！例：The flower smells good. good 不是用來修飾 smells 這個連綴動詞，而是用來形容主詞 The flower，形容這朵花的味道很好，flower 是名詞，所以用形容詞 good，而非副詞 well 來修飾。

很多文法是不需要死記的，學生也可以不用去記哪些動詞是連綴動詞，那只是一個文法上的名稱，不知道這些文法術語也不會妨礙語言的學習。重點是要用理解的方式去知曉為什麼這些動詞後面加的是形容詞。除了理解之外，還是要再次強調從閱讀中去累積文法力，這才是正確的做法與方向。

一起讀繪本

It Looked Like Spilt Milk

Charles Shaw 文、圖
Harper Collins

困難度：

繪本裡呈現的圖案，有時候它看起來像潑灑一地的牛奶，但事實上卻不是；有時候它像一隻鳥、一支冰淇淋甜筒、一個生日蛋糕、一位天使，但事實上卻又都不是，猜猜它到底是什麼？原來這是一本描述白雲各種姿態與變化的繪本。

作者在這本繪本重複著以下的句型：

Sometimes it looked like _____. But it wasn't _____.

在進行這本繪本教學時，我會先呈現圖案的部分，讓孩子去猜想他們看到的圖案是什麼，然後請學生分組舉手搶答。整節課我都是以不斷提問的方式來進行，學生一開始必須用英語講出該圖片所代表的動植物或物品名稱，等進行幾次後，我再將回答的內容加以深化，也就是學生不能只是說出圖案名稱，而是必須講出完整句子，例如：

Sometimes it looked like spilt milk. But it wasn't spilt milk.
Sometimes it looked like a bird. But it wasn't a bird.
Sometimes it looked like a rabbit. But it wasn't a rabbit.

答對的孩子們，我會依題目的難易度及回答的準確度，發給不同數量的英文字母小卡作為獎勵，英文字母小卡的作用是在此次繪本教學結束後，每一小組必須將收集到的字母小卡排成單字，排出越多單字或是排出的單字越長者，可獲得老師帶來的小點心作為獎勵。(此英文字母小卡活動要特別感謝 Tiffany 老師的分享。)

延伸活動

在導讀完整本繪本之後，我會請班上每一小組的組員必須共同合作在圖畫紙上畫出一種圖案，每組並推派一位代表上台展示該組所畫的圖案，並模仿繪本的句型說出所畫的圖案來。其中有一組學生畫了浮游生物 (海綿寶寶中的皮老闆)，他們的報告也讓我學到浮游生物的英文原來叫 plankton 啊！真是教學相長，老師也長知識了呢！另外還有一組畫了派大星 (Patrick Star)，呵呵，國中學生也愛海綿寶寶！

我喜歡以提問的方式引領學生思考與表達，我也不反對學生在課堂上遇到疑問時拿手機起來 google 找答案，例如繪本中有個圖案畫的是 a great horned owl，但我和學生都不知道這種貓頭鷹的中文名是什麼。我讓學生拿出手機 google 搜尋，原來 a great horned owl 的中文是「大鵰鴞」，那麼「鴞」這個字該怎麼念呢？我請學生再繼續 google 搜尋。就是這樣不斷引領孩子主動探索答案的過程，讓孩子專注在學習中，欲罷不能。

看到每個孩子都能融入在課堂的學習中，身為教育者，沒有比這更令人感到欣慰的了！

也讀讀這些繪本吧

Topsy-Turvy Monsters：Turn the Flap to Uncover the Hidden Monsters
Agnese Baruzzi 文、圖
White Star Kids; Ltf edition

困難度：

這是一本巧心設計的機關書，讀者會發現，原本看似日常生活中平凡的事物，轉動畫面上的機關之後，卻變成來自外星球的生物或是傳說中的怪物，例如：
I look like a bowl of berries and ice cream.
看起來像一碗莓果冰淇淋（結果翻轉畫面後卻變成水母怪物）。
I look like a glass of cranberry juice.
看起來像一杯蔓越莓汁（結果機關一轉，變成脫逃在外的大雪怪〔Yeti〕）。

I look like a mushroom, good enough to eat...

看起來像是好吃的香菇（結果卻是個獨眼巨怪〔cyclop〕）。

I look like an elegant summer hat.

看起來像一頂優雅的夏用帽 （結果一動機關卻變成飛碟〔UFO〕）。

作者利用連綴動詞 look like，來呈現許多表面看似平凡的日常事物，也許真正的面貌卻是超乎我們的想像。作者藉由繪本傳達一個觀念，人們經常以一種「理所當然」的視角去看待事物，卻可能因此錯過發掘真相的機會，這本繪本以有趣、創意的手法告訴讀者：事物不能僅看其表面的樣貌喔，若能進一步深入挖掘與探求，也許你會驚歎事物的真相並非其表面所呈現的那樣，甚至大相逕庭。

What Does Peace Feel Like?

Vladimir Radunsky

Atheneum Books for Young Readers

困難度：⬛⬜⬜⬜⬜

作者找了義大利羅馬的一所國際學校的孩子們，讓他們閉上眼睛，去想像和平，並為和平寫下各種定義，在繪本最後一頁，作者也列出了和平（peace）在世界各地不同語言的寫法與念法。

作者向孩子們提出幾個問題，例如：

What does Peace smell like? 和平聞起來像什麼？

What does Peace look like? 和平看起來像什麼？

What does Peace sound like? 和平聽起來像什麼？

其他還有和平嘗起來（taste like）與感覺起來（feel like）像什麼等等，這些問句都是典型的連綴動詞的句子。

所有答案都來自這所學校孩子們的發想，作者也將有參與作答的孩子名字與年紀標註出來，讓孩子有參與感。而孩子們的答案便是連綴動詞加 like 的句子，例如：

Like a bouquet of flowers in a happy family's living room.
聞起來像一個幸福家庭客廳裡的一束花。
Like fresh air that makes you want to go out and sleep in the sun.
聞起來像新鮮空氣，讓人想要走到戶外，在陽光下睡覺。
Like a cat and a dog curled up together in a basket.
看起來像一隻貓和一隻狗共同蜷身在一個籃子裡。
Like raindrops falling. 聽起來像下雨聲。
Like vanilla ice cream. 嘗起來像香草冰淇淋。
Like hugs your friends give you when you cry.
感覺起來像你哭泣時，朋友給你的擁抱。

這些句子省略了主詞與連綴動詞，直接以 like 加名詞片語或名詞子句呈現。

作者於書中惋惜地表示，有太多孩子對「和平」下了很好的定義或註解，但受限於篇幅，無法全數收錄於此繪本之中。也許你也可以拿書中的問題來問問身邊的孩子，讓他們試著想像和平的模樣，孩子的答案可能會讓你大感驚喜也說不定呢！

If 假設語氣句型

經常聽到孩子們幻想著說：「如果我是超人、如果我是寶可夢（Pokemon）的小智，我就會……」只可惜我們都活在現實世界裡，這樣的願望是永遠沒有實現的可能啊。在英文裡，若是要表達像上述這種「如果……，我就會……」的句子，就會出現「if（如果）的假設語氣」句型。

假設語氣的句型有兩種狀況，一種是與未來可能發生的情況有關的假設語氣，例如：If it rains tomorrow, ...（如果明天下雨的話，因為並不能百分之百確定明天（指未來）會下雨）。這個句子結構是現在簡單式的附屬子句加上「逗號」，再加上未來式的主句：

If ＋主詞＋現在簡單式動詞＋…, 主詞＋ will ＋原形動詞＋…

或者，先呈現主要子句，後面再呈現 if 的附屬子句，這樣中間就不需要加逗號。

孩子們經常不清楚，為何附屬子句用現在簡單式，主句卻用未來式。我會向孩子們解釋，因為假設的情況要先發生，成為事實了，接下來的主句內容才會發生。例如：

If it rains tomorrow, we will not go on a picnic. 如果明天下雨，我們就不去野餐。

這個句子是要下雨的假設情況先成立為事實，不去野餐的情況才會接著在未來的時間發生，因此 if 附屬子句要用現在簡單式來表達事實，主要句子則使用未來式來描述未來將會發生的事。

另一種假設句型則是與現在事實相反的假設語氣，例如：If I were you, ...（如果我是你的話，但是事實上我不可能變成你啊！）與現在事實相反的假設語氣句子結構是：

If + 主詞 + 過去式動詞, 主詞 + would + 原形動詞…

記得以前我讀國中的時候，覺得與現在事實相反的假設語氣很難學，沒想到現在常常在呈現豐沛想像力的繪本裡看到這類句型，不禁心想：「若能帶領孩子藉由閱讀有趣、充滿想像的繪本故事習得這個較為複雜的句型，那該多好！」

學句型，死背句型公式很痛苦也容易忘記，我記得我國中時學到與現在事實相反的假設語氣時，我不背句型公式，而是背一個出現在課本裡頭的句子：
If I were you, I would tell the truth. 如果我是你，我就會老實說。

之後，每當我想要寫出與現在事實相反的假設語氣時，我就會在心裡默念這個句子，這樣我就會知道這個句型怎麼正確無誤地寫出來了！你看！這個句子我到現在都還銘記在心呢！這個學習經驗告訴我，教英文時，不必要求孩子背句型公式，請孩子背句子會更實在。而既然要背，就背佳句，繪本的文句簡易優美，且生活化，拿來做為句型的輔助學習教材，真的再好不過了。

一起讀繪本

If You Take a Mouse to the Movies

Laura Numeroff 文
Felicia Bond 圖
HarperCollins

困難度：▮▮▮▮▮

繪本作家 Felicia Bond 和 Laura Numeroff 創造了這隻可愛、活動力旺盛的小老鼠角色，寫了一系列以這隻老鼠為主角、搭配一個小男孩為配角的故事，深受大小讀者的喜愛！

這本 *If You Take a Mouse to the Movies* 的內容從以下這句假設語句開始：

If you take a mouse to the movies, he'll ask you for some popcorn.

如果你帶這隻老鼠去看電影，牠就會跟你要爆米花來吃；接著劇情展開，你給了牠爆米花，牠就會想把爆米花全部串起來，然後牠會進一步想把它掛在耶誕樹上，那麼你就必須買一棵耶誕樹給牠；買完耶誕樹回家的路上，牠看到鄰居家的庭院堆了個雪人，你猜牠又會產生什麼樣的想法與行動呢？小老鼠只要心裡一開始浮上某個念頭，就會沒完沒了地有一大串無邊無際想做的事情。思緒愈走愈遠的牠，還會記得自己最最初始的想法是什麼嗎？此系列繪本每則故事發展到最後，作者皆會以 And chances are, ＋子句⋯（有可能的是⋯⋯）這個句子來收尾，老師或家長可以帶孩子一併把這個句型學起來。

和學生在共讀這個故事時，我會引導學生去推敲老鼠接下來會做什麼事，其實，這個推敲的過程就是在訓練孩子的推理力，而孩子們也可以從這本繪本學到 if 和 when 的句型，例如：

If you take a mouse to the movies, he'll ask you for some popcorn.
如果你帶老鼠去看電影，牠就會跟你要爆米花。

When you give him the popcorn, he'll want to string it all together.
當你給牠爆米花，牠就會想把爆米花串在一起。

其他幾本系列繪本，呈現不同的主題，例如：*If You Take a Mouse to School* 和 *If You Give a Mouse a Brownie*，但故事的鋪陳和結局的安排相似，都展現這隻可愛小老鼠的高度聯想力與行動力，也可以感受到小男孩對老鼠的真心疼愛與包容。

延伸活動

看完這本繪本，大人可以和孩子玩故事接龍，例如，我們就從這一句開始：

If you take a mouse to a swimming pool...
如果你帶老鼠去游泳的話⋯⋯

故事最後會發展成什麼模樣呢？很值得期待喲！

也讀讀這些繪本吧

If You Plant a Seed

Kadir Nelson 文、圖
Balzer + Bray

困難度：

華人社會有句諺語說：「種瓜得瓜，種豆得豆。」這本繪本闡述的就是這個道理。
作者不僅呈現實際的瓜果種子所生成的果實，還以隱喻的方式呈現：如果你種下
一顆名叫「自私」的種子，這顆種子就會長啊長成一堆大麻煩；反之，你若種下
一顆名叫「仁慈」的種子，這顆種子就會長出許多有著甜美滋味的果實。

繪本中出現 if 的假設語句例如：

If you plant a tomato seed, a carrot seed and a cabbage seed, ...
如果你種下的是番茄、紅蘿蔔和卷心菜的種子……

如果是你，你會選擇種下什麼樣的種子，又期待得到什麼樣的收成呢？

延伸活動

讀完繪本之後，大人可以讓孩子嘗試下面的造句練習：

If you plant a seed of _____, it will grow, and grow,
and grow into _____.

以下是幾位學生的作品：

If you plant a seed of love, it will grow, and grow, and grow into a
tree called PEACE.

If...

Sarah Perry 文、圖
J. Paul Getty Museum

困難度：▮▮▮▮▮

我個人非常喜歡這本繪本，每次翻閱，心裡便讚嘆連連：「繪本作家的想像力真是無窮無盡啊，好崇拜，也好佩服！」作者 Sarah Perry 在內容中呈現：如果貓會飛；如果青蛙吃彩虹；如果音樂可以握在手中；如果腳趾頭是牙齒；如果毛毛蟲是牙膏……那會是什麼樣的情景呢？你能想像這些超現實的畫面嗎？

在導讀這本繪本時，我會先呈現文字的部分讓孩子們去猜想畫面。如果貓會飛（If cats could fly），會是什麼樣的畫面呢？有的孩子想像貓長了翅膀；另一個孩子說，貓的肚子裡裝了氫氣。此外，如果蟲蟲的腳長輪子（If worms had wheels），又會是怎樣的一個畫面呢？有孩子舉手說：「蟲蟲穿了直排輪。」嗯，這個想法很有意思，我喜歡這個想像！那麼如果腳趾頭是牙齒（If toes were teeth）呢？馬上有孩子反應：「好噁心！如果牙齒是腳趾頭的話，腳趾頭的趾甲會變長，那不就要定時『修剪牙齒』？而且腳趾頭的咬合力道應該不夠吧？這樣我會有很多硬的東西不能吃耶！」哈哈，這本充滿天馬行空想像的繪本，引領孩子無邊無際的進行創意發想！

孩子們經由導讀的過程中，學習歸納整理，就會發現與事實相反的假設語氣，都是以過去式的時態來呈現。

延伸活動

我請各組學生進行討論，並到黑板上進行仿作，寫出一句與現在事實相反的假設句，並畫出圖案來。這時各組的孩子們無不展現他們珍貴的創意，例如：

If stars were apes...

If I were ice...

If love could be touched...

If rain made teddy bears...

If trees danced...

If the table could run...

If I were the manager of my idol...

If I could work with Super Junior...

If pens were snakes...

If the Earth were triangle...

趣味發想紛紛出籠，令人不禁讚佩孩子豐沛的創造能量。

大人也可以給孩子繪本中的文字部分，讓孩子就文字部分去畫出他聯想到的圖畫來，製作成一本屬於自己的繪本小書。

孩子的想像力與創造力是很珍貴的，僵化的教育與教學方式會扼殺孩子的創意，孩子會變得愈來愈沒有「做夢」的能力。若能藉由開

放包容的討論氛圍以及好繪本的引導，帶領孩子去活絡他們的思路與想像，也在這過程中不斷去肯定孩子們敢於創新的勇氣，孩子們將會對自己的想法更具自信，不會隨波逐流、人云亦云。

If My Dad Were an Animal
If My Mom Were a Bird

Jedda Robaard 文、圖
little bee books

困難度：

這兩本繪本是同一位作者的姊妹作，一本內容將爸爸比擬成各種動物，另一本則是將媽媽與各種鳥類做聯想，生動地描繪出爸爸和媽媽在孩子心目中的形象，例如：

If my dad were an animal, he would be a great, big, hairy yak.
如果我爸爸是動物，他會是隻很棒的巨大毛茸茸的犛牛。
If my dad were an animal, he would be a sleepy, snoozy koala.
如果我爸爸是動物，他會是隻愛呼呼大睡的無尾熊。
If my mom were a bird, she would be a tall and graceful swan.
如果我媽媽是隻鳥，她會是隻高挑優雅的天鵝。
If my mom were a bird, she would be a funny, sneaky parrot.
如果我媽媽是隻鳥，她會是隻有趣、鬼鬼祟祟的鸚鵡。

這樣的假設語氣句型的運用，可以幫助我們在描繪人事物時，更為活潑有趣，比方說，如果平鋪直敘地描述我的媽媽既高挑又優雅，感覺像喝白開水般平淡無

奇，若是像上列第三個句子把媽媽與高大典雅的天鵝相比擬，是不是更具想像畫面呢？所以不妨鼓勵孩子在寫作時多多使用這個句型來練習譬喻。

How Many Legs?

Kes Gray 文
Jim Field 圖
Barron's Educational Series

困難度：▮▯▯▯▯

這是一本有趣的數數繪本。隨著出場的動物愈來愈多，孩子們可以數數看，來參加派對的動物，牠們的腳加起來總共有多少隻？

與現在事實相反的假設語句並非國中必學句型，但這個句型其實很實用，也沒有真的複雜到難以學習的地步，所以國三學生一會考完，在沒有考試的負荷下，我們輕鬆的藉由這本繪本來認識這個句型。

一開始我會先向學生預告：「一起讀完這本繪本後，老師會問兩個問題。第一個問題是：『這個故事裡總共出現幾隻腳？』第二個問題是：『請你們注意看這本繪本出現的 if 假設句，跟我們國中學到的假設句，為什麼動詞使用的時態不一樣？』」

繪本裡不斷出現 How many legs 的句型，所以在念誦時，學生對此句型的印象會特別深刻，而與現在事實相反的假設句，我沒有一開始就告訴學生這個句型的公式和用法，我讓學生從以下的繪本例句去做小組討論與歸納：

How many legs would there be if in this room there was only me?

如果這房間裡只有我一人，那麼總共有幾隻腳？

How many legs would there be if a polar bear came for tea?

如果一隻北極熊前來喝下午茶，那麼一共會是幾隻腳？

How many legs would it make if a duck arrived with a lemon cake?

如果一隻鴨子帶一個檸檬蛋糕前來，那麼總共會是幾隻腳？

由於學生是自己歸納出這個句型的公式與用法，所以這個句型自然就會比老師直接講授更能深刻留在他們的腦海中。不快速、不直接給出答案，而是引領孩子去判斷、分析、歸納，這樣的方式相信可以逐漸帶出孩子主動求知的精神，而不是一味被動吸取一大堆未經自己大腦整理過的無用知識。

我和學生一起閱讀這本繪本時，發現到兩個問題。一是青蛙到底有幾條腿呢？作者說青蛙有兩條腿，學生馬上跳出來抗議，不對不對，青蛙應該有四條腿。我後來向生物老師請教，生物老師也很堅定的說青蛙是四條腿沒錯。第二個問題是，作者說蜈蚣有一百條腿，有學生立刻舉手反駁：「老師，我們查過資料，蜈蚣沒有一百條腿，大蜈蚣也才只有四十條腿而已。」我很開心學生如此有求知的精神，我們師生還討論起要不要寫信和作者反映這兩個問題呢！看到學生發出這些對內容的質疑，以及主動查證比對內容的正確性，讓身為師長的我，真的好感動、好欣慰！

究竟總共有幾隻腳呢？作者其實在繪本最後一頁隱藏了他自己的答案喔！不妨找這本繪本來與孩子進行共讀，看看作者的答案是不是與你們的答案相符？

If I Were a Book

Jose Jorge Letria 文
Andre Letria 圖
Chronicle Books

困難度：

這本繪本可以視為「書的心聲」小劇場，作者藉由「如果我是一本書，我會希望如何被對待、發揮何種功能」等種種假設狀況，來呈現典型的與現在事實相反的假設語句，例如：

If I were a book, I would not want to know at the beginning how my story ends.
不要一開始就知道書的結局（這不就是閱讀的樂趣嗎）。

If I were a book, I would not like to be read out of obligation.
不要為了義務來閱讀（其實這反映出升學主義下孩子們的心聲）。

If I were a book, I would sweep away ignorance.
擺脫無知（閱讀真的可以打開我們的視野，向懵懂無知說再見）。

最後，作者以下面這一句鏗鏘有力的結語，為書籍發聲：

If I were a book, I'd like more than anything to hear someone say, "This book changed my life."
一本書最希望聽到讀者說：「這本書改變了我的一生！」

書海無涯，若我們在漫長的閱讀人生中，能夠遇到那本改變或影響自己一生的書，將是非常幸福且令人感恩的閱讀體驗！

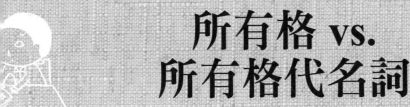

所有格 vs.
所有格代名詞

所謂的所有格，中文的意思就是指「……的」，例如你的（your）、我的（my）、她（他）（her / his）的、你們的（your）、我們的（our）、他們的（their）等，正確用法是：

所有格＋名詞

例如：your book, my pencil, his daughter, her computer，如果所有格後面沒有跟隨名詞的話，語意會傳達不清楚，到底是你的／我的／他的什麼東西呢？感覺話說到一半就沒有了，這可是會讓聽者或讀者感到困惑的；而所有格代名詞，顧名思義，即本身便已包含所有格加名詞，它是獨立使用的，也就是後面不要再加名詞囉。請看下面的例句：

This is my English textbook, not yours.
這是我的英文課本，不是你的。

（說明：my 是所有格，後面必須加名詞 English textbook，才能清楚表達語意，而 yours 就等同於 your English textbook，若在這麼短的句子重複出現兩次 English textbook，感覺太冗長，不夠精簡有力，故以所有格代名詞 yours 取代所有格 your ＋名詞 English textbook。）

雖然所有格和所有格代名詞不算是句型，但我發現，孩子們在所有格與所有格代名詞的使用上容易發生混淆。容易混淆的地方在於，所有格和所有格代名詞翻譯成中文的意思是一樣的，例如所有格 my 和所有格代名詞 mine，中文意思都是「我的」，可是用法上卻不相同，所有格 my 後面要加名詞，所有格代名詞 mine 則獨立使用，後面無須再加名詞。要讓孩子分清楚哪些是所有格，哪些是所有格代名詞，除了傳統的記憶背誦法之外，是不是我們也可以藉由繪本故事來幫助孩子建立對所有格和所有格代名詞用法的正確認知呢？以下幾本繪本這時候就可以派上用場啦！

一起讀繪本

All Mine!
Zehra Hicks 文、圖
Two Hoots

困難度：

午餐時間到囉！繪本中的小老鼠正打算好好享用三明治呢！不料一隻海鷗從天而降，以迅雷不及掩耳之姿，攫走了小老鼠的三明治，小老鼠大叫：Excuse me! That's my lunch!（抱歉！那是我的午餐！）小老鼠的肚子依舊很餓，又去找別的東西吃，這次找到了一包洋芋片，貪心的海鷗又尾隨其後，把小老鼠的炸薯片全部叼走。小老鼠再次抗議：Excuse me! Those are my crisps!（抱歉！那些是我

的洋芋片！）海鷗不歸還就是不歸還，還不斷地跟小老鼠說：ALL MINE!（全部都是我的！）這裡的 mine 就是代替了小老鼠先前提到的 my lunch 及 my crisps，mine 是所有格代名詞，本身已具備有代名詞的功能，其後就不可再加 lunch 或 crisps。

小老鼠真是有耐心，不斷地對海鷗曉以大義，訓斥海鷗貪心且粗魯，他還說，如果海鷗很有禮貌地請求他，他可能會把午餐和洋芋片分享給海鷗吃。

什麼東西都沒吃到的小老鼠，肚子好餓，幸好小老鼠也不是省油的燈，他走進一個洞穴，貪心的海鷗也跟著進去，看到了一個大蛋糕，海鷗又大喊 Mine!（是我的！）仍然想將大蛋糕占為己有。最後的結局出乎意料，海鷗竟然落荒而逃！到底發生了什麼事？快去翻翻這本書，看看最後聰明的小老鼠如何逆轉勝，高興地享用蛋糕慶祝！

我建議在和孩子們共讀這本繪本時，可以提醒孩子注意所有格 my 和所有格代名詞 mine 在用法上的不同，雖然中文意思都是「我的」，可是 my 是所有格，無法獨立存在，其後一定要加名詞，而 mine 之所以叫所有格「代名詞」，就表示它本身已有代替名詞的功能，後面無須再加名詞。

也讀讀
這些
繪本吧

Monkey Nut

Simon Rickerty 文、圖
Simon & Schuster Children's

困難度：

兩個點狀的小生物（一個是紅點點，一個是藍點點）搶著要一顆花生，不斷地說著：

It's mine. 這是我的！（所有格代名詞，代替 my monkey nut）

接著他們開始將花生幻想成各種東西，一下子把花生當自己的椅子（my chair）；一下子把花生當帽子（my hat）；或是假裝花生是電話（my phone），甚至還拿花生當鼓來敲打（my drum）。不管他們把花生幻想成什麼東西，他們就是想獨占花生，不想彼此分享。當他們倆搶成一團，互不相讓時，花生被丟飛了，猜猜最後是誰幫他們解決了這個你爭我奪的問題？

這本繪本和先前介紹的繪本 *All Mine!* 一樣，可以強化孩子對 my 和 mine 這兩個字用法上的區隔。可以請孩子說說看下面兩個句子，為什麼第一句用 my，第二句用 mine 呢？

1. It's my chair.
2. It's mine.

其實也可以藉此繪本對孩子們進行禮儀教育，對於他人的東西，也就是不屬於自己的東西，我們要予以尊重，必須要事先取得對方的同意才能拿取，不能強取或竊取他人的物品。

對了，順帶一提，書名出現 monkey nut 一詞，是英文俚語「花生」的意思。

The Pigeon Finds a Hot Dog!

Mo Willems 文、圖
Disney-Hyperion

困難度：▮▮▯▯▯

這是繪本創作者 Mo Willems 的「鴿子系列繪本」的其中一本，主角都是一隻鴿子，這本則是安排小鴨子擔任特別來賓登場客串，內容十分逗趣幽默。

有一天，鴿子在空中飛翔時，發現地上有個熱狗堡，牠開心地俯衝到地上撿起熱狗堡，正準備大快朵頤時，小鴨子出現了。機靈的小鴨子不斷地詢問鴿子手上那個熱狗堡嘗起來滋味如何，是不是吃起來像雞肉，一連串的問題打斷了鴿子的美食時光，牠向小鴨子鄭重聲明：

It's not a hot dog. My hot dog. 這可不是普通的熱狗，這是我的熱狗！

這一句可以讓孩子們了解 a hot dog 與 my hot dog 的區別。

鴿子突然明白，小鴨子問這麼多問題，應該是別有企圖。小鴨子一定也想吃熱狗，鴿子再次鄭重地強調：

This hot dog in mine! 這個熱狗是我的！

這句使用了所有格代名詞，代替了 my hot dog。

每次鴿子張口準備吃熱狗時，小鴨子要不就是提問題，不然就是睜大眼睛看著鴿子，讓鴿子完全無法輕鬆享用熱狗。鴿子終於受不了，問小鴨子到底要做什麼，小鴨子無辜地回答：

I am a curious bird. 我只不過是一隻好奇的小鳥。

鴿子的脾氣終於爆發了，在原地暴跳、大喊：

Mine! Mine! Mine! 是我的！是我的！是我的！

繪本裡出現一句話：

Finders, Keepers. 這是一句英文俚語，意思是「東西誰先發現，就屬於誰」。

鴿子雖然堅持熱狗是牠的，但是態度似乎有些軟化了。牠對小鴨子說：「我該拿你怎麼辦？」這時，聰明的小鴨子見機不可失，就向鴿子提出了一個兩全其美的好主意，連鴿子都折服了。猜猜小鴨子到底和鴿子說了些什麼？這個可愛的故事也傳達著一種「獨樂樂不如眾樂樂」的分享樂趣，對孩子而言，也是很好的機會教育。

Bare and Hare---Mine!

Emily Gravett 文、圖
Simon & Schuster Books for Young Readers

困難度：▮▯▯▯▯

還記得這一對在 where 句型中介紹過的一起玩捉迷藏的大熊和野兔好朋友嗎？作者再次以這兩隻動物為主角，描述牠們一起外出散步，野兔蹦蹦跳跳走在前面，大熊則悠閒地緩緩走在後面。沿途野兔都最先發現好東西，例如鮮花、冰淇淋等，大熊都會誠懇地問：「可以分享嗎？（Share?）」野兔很自私，完全不與大熊分享，還大聲地說：「這是我的！（Mine!）」這裡呈現的就是所有格代名詞的用法。

野兔的自私後來在發現蜂蜜時，讓牠得到教訓了，牠到底發生了什麼慘況？而大熊是否依舊對自私、獨占心強的野兔不離不棄？好奇的話，找書來一探究竟吧。

這本繪本十分簡易，很適合與幼童共讀喔！

比較級與最高級的用法

顧名思義，當你要表達比較事物或人們之間的優劣、狀態等等，就出現比較級或者最高級的用法，中文的意思就是「……比起……較……」、「……最……」，例如比較好（better）、比較長（longer）；最好的（best）、最長的（longest）等等。如果比較的數量是兩者之間時，便使用比較級；若是三者以上，就要使用最高級。

要形成比較級，最普遍的方式就是形容詞後面加上 er，例如 deeper（比較深）；lower（比較低）等；要形成最高級，最普遍的方式則是在形容詞之後加上 est，例如 deepest（最深的），lowest（最低的）等。

比較級與最高級的句子結構稍微不同，比較級的標準句子結構為：

主詞＋ be 動詞 / 一般動詞＋比較級形容詞 / 比較級副詞＋ than ＋名詞

例如：

Judy is taller than my sister. 茱蒂比我妹妹高。

Judy runs faster than my sister. 茱蒂跑得比我妹妹快。

最高級的標準句子結構如下，請記得要在最高級形容詞前面加上 the：

主詞＋ be 動詞＋ the ＋最高級形容詞＋名詞＋…

例如：

An orca whale is the largest animal in the ocean.
殺人鯨是海洋中最大的生物。

須提醒孩子的是，單音節的形容詞，若其單字的發音是屬於「短母音＋子音」的組合，則必須重複字尾再加 er 以形成比較級，而最高級亦然，同樣必須重複字尾再加 est。
例如：bigger（比較大）、biggest（最大的）

此外，若形容詞單字以「子音＋ y」結尾，必須先去掉 y，加上 ier／iest，才能形成比較級與最高級。孩子們只要記住這個原則，在做比較級與最高級的變化時，便不至於發生太大的誤差。
例如：easy（簡單的）— easier（比較簡單的）— easiest（最簡單的）

若是屬於多音節的形容詞單字就不能藉由加 er／est 形成比較級與最高級，這些形容詞必須加上 more ＋形容詞，還有 the most ＋形容詞，才能形成比較級與最高級。
例如：
interesting（有趣的）— more interesting（比較有趣的）— the most interesting（最有趣的）

The Big Bigger Biggest Book

Harriet Ziefert 文
Sami 圖
Blue Apple Books

困難度：

這是介紹比較級與最高級用法的最簡易、並且是最佳的入門繪本，內容介紹形容詞的比較級和最高級，簡單易懂，孩子們只要看著書中的繪圖和拉頁設計，就可輕鬆學會比較級和最高級的形成與用法。在導讀時，經常在我翻開拉頁之前，許多孩子們都已經可以說出正確答案，這代表孩子們已能掌握比較級與最高級如何變化。

繪本中介紹一些常見形容詞的比較級與最高級，例如：

far → farther → farthest

fast → faster → fastest

short → shorter → shortest

tall → taller → tallest

每當翻到繪本最後一幅巨大的展開頁時，總是引起孩子們「哇！哇！」的驚嘆聲！大家猜猜看，這麼巨大的一頁，會出現哪一個形容詞的比較級和最高級呢？

也讀讀
這些
繪本吧

I'm the Biggest Thing in the Ocean

Kevin Sherry 文、圖
Dial Books

困難度：

海洋裡有一隻自我感覺非常良好的烏賊，牠覺得自己是海裡體形最大的生物，既
比蝦子大，也比蛤蜊大，又比螃蟹大，比水母大，比海龜大，而遇到章魚，牠也
自認比章魚大。就連看到鯊魚，牠自己先躲得遠遠的，然後再小聲地說，自己比
鯊魚還要大。

突然，烏賊遇到了一隻身形比牠大很多很多的鯊魚，一張口便把烏賊給吃下肚。
這下子烏賊應該看清楚自己的渺小了吧？沒想到，進到鯨魚肚子裡的烏賊，看了
看四周和牠同樣被鯨魚吃進肚子裡的小生物，既開心又得意地說：「我是鯨魚肚
子裡身形最大的！」這真的是很有趣的故事喔！

繪本中不斷出現的比較級句子如下：
I'm bigger than that jellyfish. 我比那隻水母還大。
I'm bigger than these turtles. 我比這些海龜還大。
I'm even bigger than this octopus. 我甚至比這隻章魚還要大。

繪本中也出現兩句形容詞最高級的句子：
I'm the biggest thing in the ocean! 我是海洋中最大的生物。
I'm the biggest thing in this whale! 我是鯨魚肚子中最大的生物。

其實學習英文句型，真的不需要死背什麼句型公式，多給孩子看幾個同一類型的
句子，並帶著孩子反覆多念幾次，孩子很快就能朗朗上口。

I Love You More and More

Nicky Benson 文
Jonny Lambert 圖
Tiger Tales

困難度：▮▯▯▯▯

這是棕熊爸爸與小棕熊之間的對話，這本繪本用比較級句型表達父母對孩子無止境的愛，非常溫暖動人。

繪本出現的比較級句子例如：

I love you more than flowers love to blossom, bloom and grow.
我愛你更勝於花朵喜愛成長與盛開。
I love you more than trees love to change with every season.
我愛你更勝於樹木喜愛隨著四季變化。
I love you more than fish love to swim in rivers blue.
我愛你更勝於魚兒喜愛悠游於湛藍河水。

熊爸爸以多種譬喻的方式來表達對熊寶寶的愛，這些句子是不是好優美又富含詩意？從這些例句也可以告訴孩子，than 的後面除了可以接名詞單字、片語之外，還可以接完整子句喔！

I Wish You More

Amy Krouse Rosenthal 文
Tom Lichtenheld 圖
Chronicle Books

困難度：▮▯▯▯▯

這是一本充滿濃濃文學味的繪本，作者使用 I wish you more A than B. 這樣的比較級句型來呈現此書的文字內容，句中的 A 與 B 須對稱，也就是詞性須相同，例如：

I wish you more ups than downs. 我祝福你順遂比低潮來得多。

I wish you more give than take. 我祝福你給予比接受來得多。

I wish you more hugs than ughs. 我祝福你擁抱比嫌惡來得多。

I wish you more pause than fast-forward. 我祝福你停留比趕路來得多。

這本繪本道出一句句如詩般的溫暖祝福，是不是很適合拿來當禮物書送給親愛的家人或好友呢？

Frog and Fly: Six Slurpy Stories

Jeff Mack 文、圖
Philomel Books

困難度：▯▯▮▮▮

這本繪本裡有六個小故事，每一個故事的主角都是封面上的青蛙和一隻不服輸的蒼蠅。當我教到比較級的用法時，我都會與學生分享這本書中的第五則小故事：

青蛙對著空中飛舞的蒼蠅說：I can go high.（我可以飛高高。）

蒼蠅不屑地回說：Oh yeah? I can go higher!（喔？是嗎？我可以飛得更高！）

接著，青蛙又想了其他的方法，以激發蒼蠅想與之較量的情緒。

青蛙說：I am fast!（我的速度很快。）

可想而知，不服輸的蒼蠅又說：Oh yeah? I am faster!（喔？是嗎？我更快！）

這時，不懷好意的青蛙說：Hmm. I am yummy!（嗯，我很好吃！）

猜猜看，這麼愛較量的蒼蠅最後說了什麼？牠中計了嗎？

故事結尾處，青蛙伸出長長的舌頭把蒼蠅瞬間吃掉，滿足地說：Yes. You are yummier.（是啊，你是比較好吃！）這個就是先前提到的形容詞以「子音＋y」結尾時，要先去掉 y 再加 ier，形成比較級。

作者在繪本傳達出，小青蛙想要獵捕飛在空中的蒼蠅，牠並不是莽撞地白費力氣追捕蒼蠅，而是以智取勝。我們讀書學習的目的是，訓練自己面對事物的思考力與解決力，找出有效率的方法達成目標，避免事倍功半。

藉由這個趣味小故事，我希望讓孩子們看到比較級在真實語境中如何被使用，加深他們對比較級的認識與印象，也期盼在孩子學習英語的歷程中增添多一些的樂趣，不是因為考試要考而勉強學習之，卻看不到用處何在。

有不少老師會擔心光是課本的進度就上不完了，怎麼有時間在課堂上做繪本教學？其實，以上面這個小故事為例，與學生分享這樣一個極短篇故事，花不上幾分鐘的時間，卻能讓學生莞爾一笑，對比較級的形成和用法有更清楚的概念，這不是比死死板板的文法教學更有助於學生的學習嗎？

Edward: the Horriblest Boy in the Whole Wide World

John Burningham
Knopf Books for Young Readers

困難度：oollll

故事中的小男孩艾德華其實就是個很平常的男孩，可是大人偏偏以負面眼光看待他的行為。當他腳踢東西時，大人就說他是世界上最粗魯的男孩；當他敲敲打打發出聲響時，大人便指責他是世界上最吵鬧的男孩；他戲弄小小孩時，大人就立刻下斷語，說他是世界上最惡劣的男孩……。在飽受大人的負面責難之下，艾德

華的言行愈變愈糟，成了大家口中「世界上最恐怖的男孩」。

繪本呈現典型的最高級句型，也就是 the ＋形容詞 est，例如：
You are the roughest boy in the whole wide world. 你是世界上最粗魯的男孩。
You are the noisiest boy in the whole wide world. 你是世界上最吵鬧的男孩。
You are the nastiest boy in the whole wide world. 你是世界上最惡劣的男孩。

艾德華在遭受眾人指責之後，接著繪本呈現比較級句型：
比較級 and 比較級 （「愈來愈……」），來強化描述艾德華的惡劣行為。例如：
Edwardo became rougher and rougher. 艾德華變得愈來愈粗魯。
Edwardo became nastier and nastier. 艾德華變得愈來愈惡劣。

後來劇情急轉直下，艾德華是怎麼從「世界上最恐怖的男孩」搖身變為「世界上最可愛的男孩」的呢？當大人看待孩子的眼光改變，孩子就會跟著改變，給孩子正向鼓勵與支持，孩子會長成良善正直的模樣來回報我們對他的愛。

這本繪本帶給大人很大的省思，大人經常以社會化的眼光對孩子的行為提出負面評價，也許大人的出發點是希望孩子好，然而有時卻適得其反，反而更加強化了孩子的負面言行表現；若大人能嘗試正向看待孩子的行為舉止，也許這看似負面的行為，可以順勢引導、轉化為孩子個人獨特的優勢與亮點。

情狀副詞

所謂情狀副詞，就是用來說明動詞發生時的情形、狀態的副詞，其形成方式通常是在形容詞單字後面加上 ly，它的功能主要是用來修飾一般動詞，例如：walk quickly（走得快）；eat slowly（吃得慢）等。我們常聽到的 very good（非常好）的 very 也是副詞，但它並不是情狀副詞。

情狀副詞在句子結構中的位置，最常放在需要修飾的動詞或動詞片語的前面或後面，也就是：

主詞＋動詞（或動詞片語）＋情狀副詞…
主詞＋情狀副詞＋動詞（或動詞片語）…

例如：I woke up slowly. 或 I slowly woke up. 我慢慢的醒過來。

如果所使用的情狀副詞是在表達語句時最想要強調的部分，那麼可以把它放在句首。句子的結構是：

情狀副詞＋主詞＋動詞…

孩子們經常很困惑，何時該用形容詞，何時要用情狀副詞？因此會出現：He runs slow. 這樣的文法錯誤。我會告訴孩子們，如果是要修飾動作，就要使用情狀副詞；若要修飾的是指涉人、事、物的名詞，那麼就要使用形容詞。例如：The snail moves slowly. 這裡 slowly 是修飾一般動詞 move，因此使用情狀副詞。

The snail is slow. 這句的 slow 是要形容這隻蝸牛是慢慢的，slow 修飾的對象是「蝸牛」，「蝸牛」是名詞，所以用形容詞來修飾。

請提醒孩子，並非看到字尾有 ly 的單字就是情狀副詞喔！例如，我們常聽到 friendly（友善的）這個單字，孩子們會誤以為這是情狀副詞，其實 friendly 是形容詞，它是由 friend 加 ly 所形成，friend 是名詞，並不符合形容詞加 ly 形成情狀副詞的規則。

另外，並不是每個形容詞後面直接加 ly 就會變成情狀副詞，若遇到單字字尾為：子音加 y，例如 easy（容易的），要變成情狀副詞時，要先去掉 y，然後加上 ily。

一起讀繪本

"Slowly, Slowly, Slowly," Said the Sloth
Eric Carle 文、圖
Puffin

困難度：

有一部孩子們很喜愛的動畫電影《動物方城市》（Zootopia），電影中出現的樹懶（sloth）這個角色十分討喜，因此我在導讀這本有關樹懶生態的繪本時，會搭配這部電影來補充內容。

樹懶做什麼事都慢慢的、慢慢的。牠可以吊掛在樹上好久好久，連爬行、吃葉子、睡覺、甦醒的動作都是慢吞吞的。作者在繪本中描寫樹懶的習性，並利用樹懶給外界最典型的印象：緩慢（slow）來開展內容，一開始每一句都是以 Slowly, slowly, slowly,... 的句子呈現，這就是作者希望強調樹懶的緩慢，因此情狀副詞 slowly 是放在句首的位置。例如：

Slowly, slowly, slowly, a sloth crawled along a branch of a tree.
一隻樹懶慢慢的、慢慢的、慢慢的沿著樹枝爬呀爬。

Slowly, slowly, slowly, the sloth ate a leaf.
這隻樹懶慢慢的、慢慢的、慢慢的吃了一片樹葉。

Slowly, slowly, slowly, the sloth fell asleep.
這隻樹懶慢慢的、慢慢的、慢慢的睡著了。

Slowly, slowly, slowly, the sloth woke up.
這隻樹懶慢慢的、慢慢的、慢慢的醒來了。

樹懶這樣慢吞吞的特性，引起很多動物的好奇，紛紛的問牠原因。作者在繪本中安排幾種不同的動物出現，例如：

"Why are you so slow?" the howler monkey asked.
吼猴問：「為什麼你動作這麼緩慢？」

"Why are you so quiet?" the caiman asked.
凱門鱷魚問：「為什麼你這麼安靜？」

連食蟻獸也問：「你怎麼這麼無趣（boring）？」

美洲豹追問：「告訴我，你為什麼這麼懶惰（lazy）？」

動物們問了一成串的問題，樹懶都沒有立刻回答，因為牠連思考也要花好久的時間。直到繪本的最後，樹懶竟然說出長長的一段理由來反駁說：「我的確慢吞吞，但我可不是懶惰。這就是我，我喜歡慢慢的、慢慢的、慢慢的。」讓人擔心牠回答完後，會不會需要休息更久呢？這段話出現許多大小讀者感到陌生的形容詞單字，例如 lackadaisical（無精打采的）、dawdle（無所事事）、dillydally（慢吞吞）、unflappable（不慌不忙）、slothful（懶散的像樹懶一樣）等等，就連導讀的大人都能長知識呢！這些單字都是樹懶用來修飾自己本身，所以詞性都是形容詞。

這本繪本帶領讀者認識樹懶的特性，也從中體會「慢活」的樂趣與智慧。

另外，繪本中出現許多孩子們不常聽到的動物名稱，例如：howler monkey（吼猴）、caiman（凱門鱷魚）、anteater（食蟻獸）與 jaguar（美洲豹）等，孩子們也能同時認識這些動物的英文單字。

值得一提的是，作者呈現的畫面是作者自己利用許多紙張，在塗上各種顏色之後，再利用剪刀剪出不同的形狀，然後藉由所謂「拼貼」（collage）的藝術創作技法，把所有的剪紙組合出色彩豐富的野生動物生態畫面，從這本繪本也能讓孩子們認識拼貼藝術的美感。

在導讀這本繪本時，我會將繪本的文字內容編製成講義給孩子們，讓他們在老師導讀的過程中，慢慢熟悉情狀副詞的用法。最後，我再請孩子們尋找一個形容詞加 ly 所形成的情狀副詞，來仿造一個句子。如果孩子想要表達的句子太艱難，家長或師長可從旁協助孩子使用適合的單字。

學生仿作：

It was getting darker and darker. She rode her bike home quickly.
She is a talented and diligent dancer. She dances so beautifully.
The writer wrote her autobiographical novel seriously.
The little boy jumped up and down excitedly.

也讀讀這些繪本吧

Fortunately
Remy Charlip 文、圖
Aladdin

困難度：

這本繪本可說是一個男孩在出門參加慶生會時，途中遭遇一連串驚險倒楣與幸運交替發生的歷險記，例如：

Fortunately a friend loaned him an airplane. 幸好朋友借他一架飛機。

Unfortunately the motor exploded. 不幸的是，飛機發動器爆炸了。

Fortunately there was a parachute in the airplane. 幸好飛機裡有降落傘。

Unfortunately there was a hole in the parachute. 不幸的是，降落傘破了一個洞。
Fortunately there was a haystack on the ground. 幸好地面上有一堆稻草。

作者將情狀副詞 fortunately（幸運地）和 unfortunately（不幸地）放在句首，修飾整個句子，也就是強調男孩遭遇到的那個狀況的幸運與不幸。

作者幽默地利用彩色畫面與黑白畫面交互呈現，藉以強化男孩遭逢的幸與不幸的情境。這樣的色彩呈現方式相當有創意，孩子只要翻到彩色頁或黑白頁，便能立即猜出故事主角是遇到幸運的事呢，還是倒楣的情況。

男孩就這樣歷經一連串各種意想不到的驚險場面，最後是否能夠平安抵達慶生會場？途中他還發生了哪些幸與不幸的遭遇？是不是讓人又好奇又焦急地想要知道故事結局的安排？

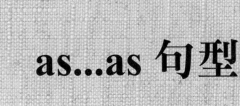

as...as 句型

as...as 的中文意思是「像……一樣」，要提醒孩子，第一個 as 的意思是「一樣」；而後面第二個 as 的意思才是「像……」，這個順序和中文是顛倒的，所以需要向孩子特別說明一下。

此外，我也會請孩子再次留意「句子一定要有一個動詞」的概念，如果發現 as...as 前面沒有出現任何一般動詞，務必要給這個句子一個 be 動詞才行喔。完整的句子結構如下：

主詞＋一般動詞（或 be 動詞）＋ as 副詞（或形容詞）as…

我會跟學生說，中文寫作我們也會使用譬喻法來讓自己的文字更為生動、有畫面，英文寫作同樣可以多多善用譬喻，像 as...as... 句型就是很好的譬喻句型，如果你說：「我弟弟好調皮。」（My youner brother is naughty.）， 讀 者感受不到到底你弟弟有多調皮，如果你用 as...as... 的句型來譬喻弟弟猶如猴子一樣的調皮搗蛋（My brother is as naughty as a monkey.），這樣讀者藉由你的描繪，對你弟弟的調皮就有了比較具體、可供想像的畫面，所以，不妨協助孩子多多鍛鍊比喻人事物的功力，必能讓文章增色不少！

Quick as a Cricket

Audrey Wood 文、圖
Childs Play Intl Ltd

困難度：

繪本裡的小男孩，不斷將自己比擬成各種動物，例如：

I'm as quick as a cricket. 我像蟋蟀一樣快。

I'm as slow as a snail. 我像蝸牛一樣慢。

I'm as small as an ant. 我像螞蟻一樣小。

I'm as large as a whale. 我像鯨魚一樣大。

I'm as happy as a lark. 我像雲雀一樣快樂。

透過這些句子，除了練習 as...as 句型外，同時也可以學到不少形容詞的相反詞。

延伸活動

和學生共讀完這本書後，我要求學生用 as...as... 句型寫至少三個句子來描述自己的外型或人格特質等，有位學生這樣說自己：

I'm as busy as a businessman because I always do not have enough time.

I'm as quick as a horse because I have long legs.

I'm as warm as fire because I am full of passion!

此生用這三個 as...as... 句子把自己形容得活靈活現，超級棒！善用 as...as... 句型，就是善用譬喻法，可以讓文章呈現得更為活潑生動。

以下其他學生寫的句子也很棒：

I'm as quiet as a stone.

I'm as quiet as a tree.（上一句和這一句是不同學生寫的，想到「安靜」這項人格特質，你還會想到用什麼事物來比擬呢？）

I'm as shy as a snail.

I'm as smart as Dr. Know-It-All.

I'm as happy as a cloud.

I'm as tall as an oak.

Strong as Bear

Katrin Stangl 文、圖
Enchanted Lion Books

困難度：

這本繪本呈現的 as...as 句型其實是不完整的，當我在導讀這本繪本時，我會將完整的句子呈現出來給孩子們看，讓他們了解繪本中的句子是怎麼演變而來。例如：

（I'm as）free as a bird. 像鳥一樣地自由。

（I'm as）elegant as a swan. 像天鵝一樣地優雅。

（I'm as）busy as a bee. 像蜜蜂一樣地忙碌。

（I'm as）selfish as a magpie. 像鵲鳥一樣地自私。

（在英國與一些歐洲國家，鵲鳥並不像在華人社會那樣被當成是喜事臨門的象徵喔！聽過義大利歌劇之王羅西尼的歌劇「鵲賊」嗎？由於鵲鳥會偷啄人類的東西，這般未經允許便拿走他人東西，是不是很自私？透過繪本閱讀，我們亦可進行東西方文化比較，看看東方人和西方人在看待同一事物上，有哪些觀點與想法上的相似或差異。）

Guess How Much I Love You

Sam McBratney 文
Anita Jeram 圖
Candlewick

困難度：

這是一本歷久不衰的經典繪本，故事裡大野兔與小野兔在睡覺前，比較誰愛誰

多，以及這份愛有多深。首先，小兔子將手臂張開，形容牠愛大兔子有牠雙臂張得大大的這麼多，而體型大的大兔子一張開雙臂，就將小兔子的愛比了下去。接著，小兔子不管將雙手舉得很高，或是跳得很高，還是比喻牠的愛遠至遙遠的河的盡頭，都比不過大兔子的回答。最後，小兔子睏了，牠指著夜空說，牠的愛很遠很遠，從地球一直延伸到月亮。大兔子親吻小兔子道晚安時，輕輕地對小兔子說，牠對小兔子的愛，是從地球到月亮，再從月亮繞回來！

這本繪本呈現的 as...as 句型，第二個 as 後面接的是子句，例如：
I love you as high as I can reach. 我愛你的程度就像我的手能觸及的地方那麼高。
I love you as high as I can hop. 我愛你的程度就像我能夠跳的那麼高。

最後，作者感性地說，當你深愛一個人，就會運用想像力，把這份感覺描述出來。雖然愛並不是一件容易衡量的東西，但故事裡的大小兔子用生動又暖心的譬喻，來形容對彼此的愛，道出溫馨甜蜜的親子情感交流。

My Mom
My Dad

Anthony Browne 文、圖
Square Fish; Reprint edition（*My Mom*）;
Farrar, Straus and Giroux（BYR）（*My Dad*）

困難度：▮▮▮▮▯

這兩本繪本是姊妹作，其中一本是形容媽媽的模樣，另一本是形容爸爸的模樣，包括外型、個性與脾氣等。作者以小孩的視角來看待父母，因此其比喻的方式或角度，饒富趣味。在文章中使用 as...as 句型，能夠讓聽的人或是閱讀的人有一些畫面可以想像，是非常值得善用的譬喻句型。

繪本大師 Anthony Browne 的這兩本描繪母親和父親的繪本，雖然文字並非從頭到尾都以 as...as 句型來呈現，不過也都各自出現了兩句 as...as 句型，比如用下面兩句來形容媽媽：

My mum's as beautiful as butterfly, and as comfy as an armchair.
我的媽媽就像蝴蝶一樣美麗，而且像扶手椅一樣地舒服。
She's as soft as a kitten, and as tough as a rhino.
她像貓一樣地溫柔，也像犀牛一樣地強悍。

以下兩句則是用來形容爸爸：

My dad is as strong as a gorilla, and as happy as a hippopotamus.
我的爸爸像大猩猩一樣地強壯，也像河馬一樣地快樂。
My dad is as big as a house, and as soft as a teddy.
我的爸爸像房子一樣巨大，也像泰迪熊一樣柔軟。

延伸活動

我讓學生看完後也用 as...as 的句型來形容自己的爸爸和媽媽，以下是幾位學生創作的句子：

My dad is as childlike as a kid, and as humorous as a comedian.
My dad is as strong as Superman.
My dad is as boring as math.（顯然這孩子對數學沒什麼好感呢！）
My mum is as wise as a scientist, and as cool as an artist.
My mum is as thin as a bamboo.（好一個誇飾法！）
My mum is as warm as the sun.（溫暖的母愛！）

without 用法

大人應該聽過一首英文歌曲： I Can't Live without You （沒有你我活不下去）歌曲中 without 的中文意思是「沒有」，這是經常見到的英文句型。這個字在句子中可以放在句首，也可以放在句尾。

我發現孩子們經常不知道如何使用 without 這個字，因為它與 don't have... 以及 there is not... 同樣都是「沒有」的意思。我曾經聽過孩子想要表達：「我們沒有書」，英文卻說成 We without books. 這樣的錯誤說法。
我會向孩子做以下的說明：
There is not... 句中有 Be 動詞
I do not have... 句中有 have 這個一般動詞

而 without 是介詞，它不能以動詞的姿態出現在句子中，因此正確的句子結構應該是：

Without ＋名詞＋主詞＋動詞…
主詞＋動詞＋ without ＋名詞

例如：
Without water we can't live.
We can't live without water.

一起讀繪本

We Without You

Lisa Swerling 文
Ralph Lazar 圖
Chronicle books

困難度：

這本小開本的圖文書是詩意的文學創作，語句結構上做了一些文字的省略，例如：

We Without You? What Would We Do?

我在導讀這本繪本時，會將它改成：

Without you what would we do?

或者 If we were without you, what would we do?

這樣孩子們會比較容易理解繪本裡的句子是如何簡化而成。

作者在繪本裡以父母的角度，想像著如果沒有身邊這個小寶貝出現在他們的生命裡，那會是什麼樣的情況，接著作者透過各種想像與文句的創意，傳達出為人父母對孩子的各種感受，例如：

We Without You? What Would We Do? 如果沒有你，我們該怎麼辦？

Like Crafts Without Glue. 就像做勞作沒有膠水。

Bolt Without Screw. 就像栓螺栓時發現沒有螺絲釘。

作者以這樣的生活小細節來比喻，勞作沒有膠水，作品就無法完成，就像父母失去小孩，人生也無法完整。這樣的類比與孩子們的生活經驗連結，孩子們會有切身的感受，立即產生共鳴。

讀者也會發現，繪本內的語句充滿著押韻，看得出作者的巧思。例如：
We Without You? It Just Wouldn't Be Right. 如果沒有你，任何事都不對勁了！
Like Apple Without Bite. 就像沒人咬一口的蘋果。
Day Without Sunlight. 就像沒有陽光的白晝。

We Without You? There's No WAY! 如果沒有你，那可萬萬不行！
Like Waiter Without Tray? 那就像沒有托盤的服務生？

We Without You? How Could That Be? 沒有你，那會是什麼樣的情境？
Like Alphabet Without A, B, C? 就好像英文字母少了 ABC？
Birthday Without Happy. 就好像過生日沒有快樂的氣氛。

最後，作者以一座沒有顏色的彩虹來形容如果父母失去孩子，那將是一幅令人非常悲傷的景象。
We Without You? 如果沒有了你？
Like Rainbow Without Hue. 那就像是一座沒有顏色的彩虹。
A Very Sad View. 會是一幅令人非常悲傷的景象。

對於不可或缺的事物，我們常聽到像是「魚沒有了水」，或者「人沒有了空氣」等缺乏新意的表達方式。這本圖文小書的作者卻運用各種生活小細節，來做活潑趣味的比喻，連缺少托盤的服務生都能拿來當譬喻，相當地活靈活現！

作者在此書中希望傳達的訊息是，孩子在父母心裡擁有無可取代的重要性。家長在與孩子共讀此圖文書時，對孩子的情感會自然流露，相信孩子一定能感受到父母親滿滿的愛。

延伸活動

大人可以設計同樣的語句：We Without you? What would it be? 讓孩子們發揮想像力，來練習 without 的用法，表達他們生命中若是沒有了父母，會是什麼樣的情況，相信孩子們天馬行空的純真比喻，會讓父母感到既有趣又感動！

以下是學生的仿作：

Without you, it would be like singing without dancing.
Without you, it would be like life without love and smile.
Without you, it would be like the sky without rainbow or sunshine.
Without you, it would be like a blackboard without any chalks.

part 3
打造流暢的書寫

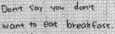

Don't say you don't want to eat breakfast.

I used to get up early

1

現在完成式

從字面意思來理解，現在完成式就是指所做的動作已經完成了；除此之外，現在完成式也可以表達從過去到現在曾經有過的經驗，以及從過去到現在持續有的動作。其句型結構如下：

主詞 + 助動詞 have ／ has+p.p.（過去分詞）……

例如：

I have eaten breakfast. 我吃過早餐了（表完成）。

I have visited Japan for five times. 我去過日本五次（表經驗）。

He has learned English for five years. 他學英文五年了（表持續，表示他從五年前開始學英文，一直到現在都還在學）。

現在完成式對孩子們最大的挑戰，在於使用時機，以及過去分詞（p.p.）的變化，有些動詞只需在字尾加上 ed，即可形成過去式和過去分詞；但也有許多動詞的三態變化是不規則的，這部分除了下工夫去記誦，真的別無他法。

另外，之前國一、國二學到的助動詞，像是 must, can, do, does, did, should, may 等，其後都需加原形動詞，但現在完成式中的助動詞 have ／ has 後面不是加原形動詞，而是加過去分詞，這是與之前學的助動詞用法上很不一樣的地方，值得提醒孩子留意。

一起讀繪本

Of Thee I Sing: A Letter to My Daughters

Barack Obama 文
Loren Long 圖
Alfred A. Knopf

困難度：

這本繪本的文字作者是美國前任總統歐巴馬（Barack Obama），他以寫給女兒們的一封信，來向美國十三位不同領域的指標性傑出人物的特殊表現致敬，如喬琪亞・歐姬芙（Georgia O'Keeffe）的藝術、亞伯特・愛因斯坦（Albert Einstein）的科學、棒球傳奇傑奇・羅賓森（Jackie Robinson）的勇氣、比莉・哈樂黛（Billie Holiday）的歌聲、海倫・凱勒（Helen Keller）克服三重身障的精神及珍・亞當斯

（Jane Adams）的愛心、人權鬥士馬丁路德金恩博士（Martin Luther King）的無畏等等。同時，歐巴馬總統也在信中鼓勵他的女兒和世界上所有的孩子，勇於追求夢想，開創美好未來。

歐巴馬總統在這封信裡不斷以設問法來展現他對女兒的愛與期待，這一連串的問句都是以現在完成式的句型來呈現，例如：

Have I told you lately how wonderful you are?

我近來可有告訴你們，你們有多麼美好？

Have I told you that you are creative? 我是否有告訴過你們，你們好有創意？

Have I told you that you are smart? 我是否有告訴過你們，你們有多聰明？

Have I told you that America is made up of people of every kind?

我是否曾告訴過你們，美國是一個民族大熔爐嗎？

歐巴馬總統藉由這樣的內容，希望告訴女兒與讀者：美國是一個以多元種族、文化和宗教信仰融合而成的國家，每個公民都是這個大家庭的一份子，這是一個可以讓所有人實現夢想、才華的國度，這是一個足以讓女兒與所有美國人引以為傲的國家。當然最後歐巴馬不忘回歸父親的角色，對女兒溫馨喊話：Have I told you that I love you?

這本繪本裡所提到的十三位傑出美國人物，作者於書末皆以小篇幅文字來簡介他們的生平與貢獻，讓讀者能藉此機會更深入的認識美國歷史與文化脈絡。他們的經歷與勵志的故事，都值得成為孩子們的榜樣。

閱讀這麼優美的文句來學習現在完成式句型，是不是很幸福美好？

也讀讀
這些
繪本吧

I Want My Hat Back
Jon Klassen 文、圖
Candlewick Press

困難度：

一隻大熊的帽子不見了，牠到處問有沒有人看見牠的帽子：Have you seen my hat? 故事到這裡就出現現在完成式的疑問句句型。所有動物都說沒有看到，大熊後來回想，剛才他遇到的動物裡面，好像有一隻動物頭上戴著的就是牠的帽子！到底誰偷走了大熊的帽子呢？

這是個很有趣的故事，從故事裡，我們也可以看到，說謊者為了掩飾真相反而在話語裡吐露出更多訊息，真是所謂的「欲蓋彌彰」啊！

透過故事的情境與脈絡，孩子可以更清楚掌握在真實日常中現在完成式的使用時機，這是從繪本學句型和時態的好處。

Have You Seen My Cat?
Nancy Tafari 文、圖
Tulepo Books

困難度：

一個小男孩的貓不見了，他展開了世界尋貓之旅。作者從小男孩遇到的人身上的穿著打扮，隱喻他所到的國家或地區，並且畫出這些地區特有的貓科動物，例如印度半島的老虎、南美洲的美洲捷豹（jaguar）、東非洲的獵豹（cheetah）、沙漠地區的截尾貓（bobcat）、美洲黑豹（panther）、美洲山獅（puma, 又稱 cougar）等

等。小男孩每來到一個地方都會問：Have you seen my cat? 這句現在完成式的句子，然而，小男孩始終沒有找到他的貓（This is not my cat.）。

故事末了，小男孩終於找到他的波斯貓（Persian cat）。他的貓又會帶給他什麼樣的驚喜呢？

Have You Seen My Duckling?

Eric Carle 文、圖
Greenwillow Books

困難度：░░▏▎▍

鴨媽媽有八隻鴨寶寶，一天早晨，鴨媽媽發現其中一隻鴨寶寶脫隊了，鴨媽媽帶著剩下的七隻鴨寶寶，到處尋找那隻失蹤的鴨寶寶。她見到各種魚類、鳥類或青蛙時，都是以 Have you seen my duckling? 這句現在完成式句子來詢問。

鴨媽媽最後到底有沒有找回鴨寶寶呢？鴨寶寶真的走失了嗎？繪本的畫面藏有玄機喔！

這本繪本很適合帶小小孩一邊閱讀一邊玩找找看遊戲，藉此鍛鍊孩子的觀察力，看看孩子是否可以在每一個頁面找到脫隊的那隻鴨寶寶究竟藏在哪裡？

帶小小孩閱讀這本繪本，當然不需要跟孩子說明什麼是現在完成式，孩子不會聽得懂，也沒有此必要。學習語言最自然的方式就像學母語那樣，從孩子很小的時候就說故事給他聽，並且多跟他對話，他自然慢慢就會對這個語言愈來愈熟悉，知道怎麼去用它。

Have You Seen My Trumpet?

Michael Escoffier 文
Kris Giacomo 圖
Enchanted Lion Books

困難度：▮▮▮▮▮

一開始，小男孩在找 Trumpet（這個字小寫時有「喇叭、小號」的意思），大家以為他在尋找他的樂器。他只要遇到動物，就會問：Have you seen my Trumpet? 這句現在完成式的問句。動物們全都回答：No, I haven't.（現在完成式的否定簡答句）

在尋找 Trumpet 過程中，作者大玩文字遊戲，例如：

Who is playing Frisbee? 誰在玩飛盤？

看到 Frisbee 這個字中含有 bee 了嗎？是的，玩飛盤的正是 bee（蜜蜂）。

Who is blowing dandelion? 誰在吹蒲公英？

看到 dandelion 這個字中含有 lion 了嗎？是的，畫面中吹蒲公英的正是獅子（lion）。

小男孩最後找到了他的 Trumpet，原來 Trumpet 是一隻大象的名字，不是喇叭！

為什麼呢？讀者一樣可以從 Trumpet 這個字找到線索喔！

that 引導出的
名詞子句

所謂子句，就是句子裡面的小句子，是依附在主要句子裡的，就好比主要句子是媽媽，而子句則像是依附在媽媽之下的小孩子般。子句依其功能之不同，還可細分為名詞子句、形容詞子句、副詞子句等。我們這一篇主要是要來說說名詞子句。

名詞子句是由 that 引導出來的子句，它和形容詞子句的關係代名詞 that 有所不同，這部分常常令孩子感到頭疼：「看起來很簡單的一個 that，怎麼有這麼多的用法？又可以引導出名詞子句，又能夠引導出形容詞子句的，我怎麼搞得清楚嘛？!」

我通常會跟孩子做如下的說明與分析：

名詞子句是一個具有名詞功能的子句，而形容詞子句則在句子中扮演形容詞的角色。唯一相同之處在於，名詞子句和形容詞子句都是子句的結構，必須同時含有主詞與動詞。

若要分辨這個子句到底是形容詞子句還是名詞子句，可由 that 之前的單詞詞性來判斷。如果 that 之前是名詞，那麼，要修飾名詞，後面就會是形容詞子句；如果 that 之前是動詞，那麼這個子句就是名詞子句。我們可以從以下兩個例句來進一步了解：

1. Don't say that you don't want to eat breakfast. 別說你不想吃早餐。

說明：這句 that 前面的 say 是動詞，所以後面 that 引導出來的子句不可能是形容詞子句，因為我們不可能用形容詞來修飾一般動詞，因此這裡的 that 子句應為名詞子句。我們也可以從語意來判斷：這裡的 that 子句是在說明「別說哪一件事」（Don't say...），它指涉的是「事情」，而人、事、物都是名詞，故可知其為名詞子句。

2. He likes the girl that has beautiful long hair. 他喜歡那位有著美麗長髮的女孩。

說明：這句 that 前面的 the girl 是名詞，所以後面 that 引導出來的子句應該是形容詞子句，用來修飾這位女孩是「有著美麗長髮的」（形容詞）女孩（名詞）。

此外，名詞子句的 that 通常可以省略不出現，但是如果這個名詞子句出現在句首，那麼就不能省略囉！

一起讀繪本

Willy the Dreamer
Anthony Browne 文、圖
Candlewick

困難度：

繪本大師 Anthony Browne 很喜歡猩猩，經常以猩猩作為他的繪本主角。這本繪本的主人翁是一隻名叫 Willy 的猩猩，牠很喜歡做白日夢。Browne 的作品裡，插畫時常描繪出諸多文字沒有訴說的訊息，像在這本書中，Browne 藉由簡單的文字搭配幽默並藏有豐富細節的畫面來呈現猩猩 Willy 夢想的情節，例如：當牠夢想成為電影明星時，畫面出現美國好萊塢知名的電影作品，如《綠野仙蹤》（ *Wizard of Oz* ）；當牠夢想是搖滾巨星時，畫面影射的是貓王艾維斯普里斯萊（Elvis Presley）；當牠幻想自己是畫家時，猩猩版的藝術家梵谷（Vincent Van Gogh）躍然紙上。光是帶著孩子解圖，就能訴說不少名人的故事呢！

書中含有以 that 引導出的名詞子句的句子如下：
Sometimes Willy dreams that he's a film-star, or a singer, a sumo wrestler, or a battle dancer...
有時候 Williy 幻想自己是位電影明星、歌星、相撲選手，或街舞鬥陣舞者……

Sometimes Willy dreams that he can't run but he can fly...
有時候 Willy 幻想牠不能跑，但能飛翔……

繪本不僅出現 that 引導的名詞子句，還以 dream of ＋名詞做為句型替換，讓文字表達更加靈活、有變化，如下：

Sometimes Willy dreams of fierce monsters, or super-heroes.

延伸活動

我會請孩子以自己的名字進行以下的仿作練習：

_____ _____.
Sometimes _____ dreams that _____is a _____, a _____,
a _____, or a _____... _____ _____.

參考答案：

Morgan dreams.
Sometimes Morgan dreams that she is a singer, a cook, a dancer,
or a novelist...Morgan dreams.

做以上練習時，我會提醒孩子，動詞應配合主詞使用第三人稱單數動詞，也就是動詞 dream 字尾要加上 s 喔！

3

ed vs. ing
情緒形容詞

每次教到 ed 結尾和 ing 結尾的情緒形容詞，總是會有傻傻分不清楚這兩者差異的學生。我得不斷提醒學生 ed 結尾的情緒形容詞是講人的感受，「感到……的」；而 ing 結尾的情緒形容詞是講某事物或某個人引起他人什麼樣的感受，所以意思是「令人……的」。但不管提醒多少次，學生還是給我一種「言者諄諄，聽者藐藐」的失落感慨。不行，我決定擺脫傳統講述教學，用繪本故事來幫孩子釐清這兩種情緒形容詞的差異！

情緒形容詞顧名思義就是可以表達情緒、感受的形容詞，加 ed 的情緒形容詞是用來表達自己的感受；而加 ing 的情緒形容詞，則是形容某個人或某事物讓人產生的感受，例如：

I am bored.
我覺得好無聊！（描述我自己的感受）
I am boring.
別人覺得我很無趣！（描述我帶給別人的感受）

I am bored.   I am boring

這兩個語句是截然不同的意思喔！

孩子們經常在「字尾加 ed 的情緒形容詞」與「動詞過去式加 ed」這兩者的用法上，以及「字尾加 ing 的情緒形容詞」、「現在分詞 ing」與「動名詞 ing」這三者間產生很大的混淆。我會提醒孩子要仔細閱讀句子的結構與文章的上下文來判斷這些單字的詞性。例如：bored 並不是形容動作，所以它就不是過去式動詞，而是情緒形容詞。

此外，孩子們經常受到中文思考的影響，在表達 I am bored. 或者 I am boring. 的時候，忘記要加上 Be 動詞。大人須提醒孩子，句子裡沒有動詞就要補上 Be 動詞，因為英文句子一定要有一個動詞的存在，語句才是完整的。

我也額外提供幾個經常使用的情緒形容詞：disappointed, disappointing; excited, exciting; interested, interesting。家長也可以與小孩一同找出更多的情緒形容詞喔！

I'm Bored

Michael Ian Black 文
Debbie Ridpath Ohi 圖
Simon & Schuster Books for Young Readers

困難度：

這真的是一本向孩子解釋情緒形容詞的最佳繪本，孩子們可以藉由故事內容與插畫，來區分情緒形容詞 bored 和 boring 的使用情境。

故事敘述有個小女孩覺得好無聊，沒想到她遇到一個會說話，且嘴巴也不斷喊「好無聊！好無聊！」的馬鈴薯。小女孩很納悶地問馬鈴薯：「馬鈴薯怎麼可能會覺得無聊呢？」馬鈴薯回答：「因為我必須跟小孩子在一起呀，小孩超級無聊的。」小女孩不服氣，她使出渾身解數想要證明小孩子才不會無趣呢！小孩子可

是非常有意思的，他們會做的事情多到簡直超乎大家的想像！最後到底馬鈴薯有沒有被小女孩說服呢？結局令人會心一笑喔！

繪本裡的小女孩就像許多家庭裡的孩子經常會出現的情況，總是喊著：「我好無聊喔！不知道要做什麼！」繪本一開始立刻出現這典型的情緒形容詞語句：I'm so bored.（我覺得好無聊喔！）

接著出現了一顆馬鈴薯，小女孩想著：馬鈴薯能拿來做什麼啊？她便隨手把馬鈴薯丟一旁。沒想到馬鈴薯彈回到小女孩的面前，變成擬人化會說話的馬鈴薯，它竟然對小女孩說：I'm bored.（我好無聊喔！）

小女孩發現了同樣覺得無聊的馬鈴薯，便提議一起做些什麼事情來擺脫無聊。然而，不管小女孩提議做什麼事情，馬鈴薯都提不起勁，一直喊著無聊。小女孩問馬鈴薯喜歡什麼，馬鈴薯說它喜歡紅鶴（flamingo），但是這裡沒有紅鶴啊！馬鈴薯說：Well, that's disappointing.（喔，那還真令人失望！）

這個語句中出現的 disappointing 也是屬於情緒形容詞，是 disappoint 加上 ing, 表示令人失望的；如果孩子們要表達自己感到失望，那就要將 disappoint 加上 ed, 成為 I'm disappointed.（我很失望。）

馬鈴薯對小女孩說，小孩子真無趣！（Kids are boring!）這句話讓小女孩感到很不服氣，她反駁馬鈴薯說，小孩子可是很有趣的！（Kids are fun!）馬鈴薯要小女孩證明給它瞧瞧（Prove it.）。

接著，小女孩使出渾身解數，做了好多她認為好玩的不同動作，包括：cartwheel（側空翻）、skip（蹦蹦跳跳）、spin（旋轉）……等等，但是馬鈴薯依舊覺得這些

動作都很無趣。後來小女孩對馬鈴薯說，我們小孩子還有一個強項，那就是小孩子的想像力非常豐富！（Kids can imagine stuff!）。

馬鈴薯又要她舉例來看看，然後小女孩發揮了天馬行空的想像力，一下子幻想自己是著名的芭蕾舞名伶（famous ballerina）；一下子又變成搖滾歌手、海盜船長……，馬鈴薯的反應永遠都只有一句話：無聊（boring）！這裡雖然只出現boring，但是完整的句子應該是：That's（It's）boring.。

小女孩終於受不了，大聲地抗議：「我們小孩子可以做這些很酷的事情，擁有許多很棒的想法，做任何我們想做的事，你怎麼能說小孩是無趣的？與其當顆馬鈴薯，我寧願當個小孩！」說完，小女孩掉頭離開，留下馬鈴薯。

這下子馬鈴薯變成孤零零的嗎？當然不是，作者在結局安排馬鈴薯喜愛的紅鶴登場，大家猜猜看，紅鶴對馬鈴薯說了什麼？

這兩個情緒形容詞 bored 和 boring 是學英文的人時常容易搞混的，由於故事有非常清楚的情節脈絡，藉由不斷在這個有趣的故事裡重複出現，孩子們看完故事之後，肯定不會再對 bored 和 boring 這兩個字的用法傻傻分不清了！這就是繪本的妙用！

大人經常看到孩子專注且自得其樂地做一些大人視為無趣的事情，同樣的，在小孩眼中，也許大人們也常做一些小孩覺得無聊透頂的事情，因此，大人和小孩不妨學習站在對方的立場，換個角度看待事物。

4

被動語態

從字面來看，被動語態就是非主動性，而是被動承受的一方。其實什麼是「被動語態」並不難理解，我會先用中文例子來向孩子們說明：「中文的被動語態最簡單的判斷方式就是句子中有出現『被』這個字，比如說：『她被歹徒挾持。』、『李大同被推舉擔任本班班長。』、『那朵美麗的玫瑰花被她給摘了下來。』」舉了幾個中文例子之後，我會讓全班每個孩子也輪流各舉一個可以表達被動語態的中文句子，以確定孩子是否已了解何謂被動語態。接下來，就是介紹英文被動語態的句型結構給孩子，如下：

主詞＋ Be 動詞＋ p.p.（過去分詞）＋（by…）／＋ to ＋原形動詞

例如：

This book is written by Kitty Li. 這本書是由 Kitty Li 所寫的。
I am allowed to keep a dog. 我被允許養一隻狗。

這個句子真正的動詞是 Be 動詞，主詞就是被動承受的那一方，「書是被 Kitty 寫的」；「我是被允許才能養狗的」。孩子們在主被動的部分需要分辨清楚才能正確表達語意。

知道英文被動語態的句型後，更重要的是告訴孩子何時會需要使用到被動語態，否則孩子只學到了句型架構的空殼，卻不知如何運用此一句型，學了等於沒學啊。被動語態的使用時機簡單說明如下：

1. 使用被動語態，是為了要強調「動作的承受者」，如：

   His nose was punched by the bad guy.

   （因為要強調是「他的鼻子」被揍，所以使用被動語態來呈現。）

2. 如果不知道動作的執行者是誰時，也常使用被動語態，如：

   School is cancelled today!

   （學校今天停課，至於是誰下達停課命令的，並不清楚，也大概不會有什麼
   人想知道，所以就用被動語態。）

17 Things I'm Not Allowed to Do Anymore

Jenny Offill 文
Nancy Carpenter 圖
Dragonfly Books

困難度：❘❘❘❘❘

這本繪本書名 *17 Things I'm Not Allowed to Do Anymore* 即已呈現出被動語態，I'm Not Allowed to Do Anymore 是形容詞子句，用來修飾前面的名詞 17 Things，此形容詞子句省略了關係代名詞 that 或 which，當關係代名詞不是形容詞子句的主詞時，可以省略不用。

在許多仍保有威權心態的大人心中，這繪本故事中的女孩大概是那種非常令人頭疼的孩子吧！她腦海裡不時地會浮現一些奇妙點子，例如：拿釘書機把她弟弟的頭髮和枕頭釘在一起；拿膠水把她弟弟的室內拖鞋黏在地板上；或是幫她弟弟看手紋並警告他即將被土狼吃掉；她還倒著走路去上學；還把一隻死掉的蒼蠅放進製冰盒裡結冰；還假裝媽媽是餐廳裡的服務生，對媽媽端來給她吃的飯菜表達嫌惡，要媽媽更換菜單。她的種種行徑令媽媽為之氣結，最後她會向媽媽道歉嗎？媽媽會原諒她嗎？

這本繪本裡出現的被動語態句子如下：

I had an idea to staple my brother's hair to his pillow.

我突發奇想把我弟弟的頭髮釘在枕頭上。

I am not allowed to use the stapler anymore.

我再也不被允許使用釘書機。

I had an idea to glue my brother's bunny slippers to the floor.

我靈感一來用膠水把我弟弟兔子造型的室內拖鞋黏在地板上。

I am not allowed to use the glue anymore.

我再也不被允許使用膠水。

小女孩每做一件大人無法容忍的事情，文中就會呈現 I am not allowed to... 這個句子，加深了讀者對於被動語態的印象。這本繪本充滿無厘頭的幽默，大人別擔心孩子會模仿書中女孩的言行。此繪本展現作者的趣味發想，大人不妨輕鬆看待。

以下是學生的仿作練習：

1. I had an idea to cut my sister's hair with a pair of scissors.

   I'm not allowed to use scissors anymore.

2. I had an idea to play the computer game all day and all night when my parents were not home.

   I'm not allowed to use the computer anymore.

3. I had an idea to go to the movies at midnight.

   I'm not allowed to go to the movies anymore.

也讀讀
這些
繪本吧

The Z was Zapped: A Play in Twenty-Six Acts

Chris Van Allsburg 文、圖
HMH Books for Young Readers

困難度：

這是一本字母書，為知名的繪本作家 Chris Van Allsburg 於一九八七年的創意力作。繪本的畫面以黑白兩色構成，宛如劇場的舞台，圖文的搭配非常具有戲劇張力，描述依 ABC 字母順序陸續登場的二十六個字母如何神秘的變形。

此繪本也是輔助學習被動語態的好素材喔！來看看下面幾個書中有關被動語態的句子，例如：

The H was partly Hidden. H 部分被隱藏起來。

The K was quietly Kidnapped. K 被無聲無息地給綁架了。

The Q was neatly Quartered. Q 被靈巧地切成四等分。

以上句子可以讓孩子知道，修飾被動語態中的過去分詞（p.p.），要用副詞，而不是形容詞。看到上面這三個例句，是不是勾起你的好奇心，很想知道這三句話會搭配什麼樣的畫面出現？讀此繪本，宛若觀賞一齣帶有濃厚黑色幽默的舞台劇。趕緊翻開繪本，感受一下作者在整本書中細膩鋪陳出的神秘詭異感吧！

The Perfect Picnic

Ciara Flood 文、圖
Templar Publishing

困難度：

相信會有不少大小讀者在閱讀這本繪本時，不禁聯想起自己生活中的某個朋友，或者，感覺到故事裡所描述的，根本就是自己和某一個朋友互動的寫照，而忍不住發出會心一笑吧！

松鼠和鼴鼠是好朋友，松鼠表現較為強勢的性格，而個性溫和的鼴鼠則是有意見也不敢當場說出。有一天牠們決定去野餐，松鼠處於主導地位，決定野餐所需攜帶的各項東西，而鼴鼠附和順從松鼠的決定，沒有表示任何異議。牠們出發當天，鼴鼠負責揹著野餐的所有東西，和松鼠一邊走一邊尋找適合野餐的地點。一開始鼴鼠的背包被樹枝割破卻沒有發覺，沿途東西一邊掉出來，一邊被附近的其他動物發現撿走。

後來終於找到一處松鼠和鼴鼠都感到滿意的野餐地點，當鼴鼠要把野餐的東西拿出來時，才發現背包上有破洞，全部的東西都隨著破洞一路掉光了。當下松鼠和鼴鼠都覺得糟透了！

繪本裡雖然只有一頁出現被動語態，不過光是這些，就足以在故事說完後，和孩子好好再溫習一下被動語態的形式與用法，例如：The apples were bruised（碰傷），the cake was squashed（扁塌），the fork and spoons were bent（折彎）等。

然而，這真是松鼠和鼴鼠最糟糕的一次野餐嗎？故事最後到底發生了什麼事，讓松鼠和鼴鼠大呼這真是一次令人開心的野餐呢？不妨找這本繪本來看看吧！

How to... 用法
與間接問句

疑問詞放在句首所形成的問句，稱為「直接問句」，例如：

When did you go home last night? 你昨晚何時回家？

如果把上面這個句子改成：

Tell me when you went home last night. 告訴我你昨晚何時回家的。

當疑問詞不是出現在句首，而是出現在句子中間時，其所形成的問句則稱為「間接問句」。要注意的是，直接問句一定是問句，最後要加上問號做為句子的結束，然而當一個句子裡出現間接問句，最後到底要不要打上問號，則要看間接問句前面的主要子句而定。以 Tell me when you went home last night. 此一句子為例，此句雖出現 when you went home last night 這個間接問句，但這個句子的主要子句並非間接問句的部分，而是一開始的 Tell me，Tell me 是肯定句，並非問句，所以此句最後不該打上問號，而是加上句點。

而 how to 是間接問句省略而來的片語。例如：I know how I can go fast. 這句當中的 how I can go fast 就是間接問句，可以省略成 how to go fast.

孩子們比較容易犯的錯誤是在間接問句的構成順序。直接問句是先出現 wh... 疑問詞＋助動詞，再出現主詞＋原形動詞；但間接問句雖一開始也是出現 wh... 疑問詞，不過其後句子的組成會還原成一般直述句的寫法：主詞＋助動詞＋原形動詞。另外，間接問句中不會出現像 do, does, did 這幾個有其文法上功能，卻翻不出中文意思的助動詞，而是直接在動詞的部分表達出時態，請見下面例句：

1. Tell me what you can do.
   告訴我你能做什麼。

2. Tell me what you did yesterday.
   告訴我你昨天做了什麼。

（如果是直接問句的話，我們會說：
What did you do yesterday? 但在間接
問句裡，助動詞 did 不會寫出來，而
是直接用過去式動詞來呈現時態。）

一起讀繪本

How to
Julie Morstad
Simply Read Books

困難度：

這本繪本文字看似簡單卻充滿詩意，插畫也很美、很有意境。文字內容呈現的不
是完整的句子，而是 how to... 的片語。

如何加快速度（how to go fast）？如何讓自己慢下來（how to go slow）？如何看
見風的存在（how to see the wind）？讓我們跟著作者一起馳騁在想像的國度吧！

這本繪本的學習重點為：how to ＋原形動詞

我問：「How to go fast? 如何加快速度？」

學生 A：「搭飛機。」

學生 B：「大步走路。」

我：「可以嘗試用英文回答喔！」

學生 C：「Ride a bicycle.」（很好，經過暖身後，開始有孩子嘗試用英文回答了！）

我：「How to go slow? 如何讓自己的速度慢下來。」

學生 D：「Walk in the water.」

學生 E：「慢慢爬。」

我：「作者的想法和你不約而同耶！你看，作者也畫了一個小女孩在地上慢慢爬、一邊賞蝶的模樣呢！」

作者在 how to have a good sleep 這個跨頁，畫了一個女孩睡在一層又一層高高疊起的床墊上。

我問：「看到這個畫面，你聯想到哪一個童話故事？」學生有的答「睡美人」，有的答「傑克與豌豆」，有的答「長髮公主」，最後終於有個學生說出正確答案：「豌豆公主」！哈哈，我國中的大孩子們竟然對這個故事如此陌生，我就這個機會請知道這個故事的同學與全班分享這則經典童話，也藉此訓練學生的口語表達。

後來進行到 How to be brave? 這個畫面時，我說：「作者畫的是一個小女孩鼓起勇氣，準備溜滑梯。那你們呢？你們如何展現你們的勇敢？」

有個學生略帶靦腆笑容、不好意思的說：「我很勇敢的把成績單拿給爸媽簽名。」全班頓時笑聲一片。

在共讀繪本結束後，我讓學生分四組仿作，寫出 how to 的句子來，學生寫出的句子如下：

How to conquer the world?

How to die happily?

（看到學生寫出這樣的句子，做師長的別太大驚小怪，有時他們只是想標新立異、引人注目，給他們天馬行空開放的創作空間，對他們來說也是種壓力的抒發。）

How to write a good story?

How not to be afraid of thunder? Sing a thunder song.

（學生說這句出現在電影《熊麻吉》（Ted）的歌詞裡，幾位男生還一同唱起這首歌給我聽呢！）

由於我提供學生溫暖、開放、包容的課室氛圍，所以在互動過程中，孩子們想到什麼就說什麼，不會擔心挨罵或不受支持，這讓我可以從他們的分享中了解青少年的想法，也和他們的關係更親近。我喜歡極了與孩子這樣美好的交流。

也讀讀這些繪本吧

All We Know
Linda Ashman 文
Jane Dyer 圖
HarperCollins

困難度：

這是一本訴說溫柔母愛的繪本。自然萬物的生長，不用刻意學習，種子就知道如何發芽，綿羊就知道如何咩咩叫，蜜蜂就知道上哪裡尋找花蜜，海鷗就知道如何飛翔。母愛亦然，不需要教導，母愛就是這樣自然地從一位母親的心中湧現，母親就是知道如何愛她的孩子，一切就是如此渾然天成而美好。

從這本圖文皆詩意的繪本裡，可以學到 how to 的句型以及間接問句的用法，舉例如下：

how to 句型

The stars know how to shine. 星星知道如何發光。

The earth knows how to turn. 地球知道如何運轉。

間接問句

A bulb knows when it's time to sleep and when it's time to bloom.

球莖知道何時該沉睡，何時該開花。

A bee knows where the nectar is to make the honey sweet.

蜜蜂知道上哪裡找花蜜來使蜂蜜變甜美。

直接問句會寫成：Where is the nectar? 請帶孩子比較直接問句和間接問句不同之處。

That's Not How You Do It!

Ariane Hofmann-Maniyar

Childs Play Intl Ltd

困難度：❚❚❑❑❑

Lucy 是一隻非常多才多藝的貓，牠會用刀叉吃東西，會吹樂器，又會各種體操動作，還會摺美麗的紙星星，其他動物都會來向牠請教，讓 Lucy 產生自我感覺良好的自滿態度，認為自己所做的一切都是正確的。有一天，Lucy 遇見一隻名叫 Toshi 的貓熊，Toshi 所做的一切，都和 Lucy 原來所理解的事物不一樣。例如，Lucy 用刀叉吃東西，而 Toshi 則使用筷子；Lucy 摺紙都是摺星星造型，而 Toshi 摺的是紙鶴。Lucy 很不以為然地對 Toshi 說：That's Not how you do it!（不是這樣做的！）而這句裡頭的 how you do it 即為間接問句的句型。

後來，Toshi 對 Lucy 釋出善意，把自己摺的紙鶴送給 Lucy，還示範如何摺紙鶴，Lucy 看了也覺得有趣，他也教 Toshi 如何摺星星。於是，這兩隻各自代表著東西方文化的動物（Lucy 代表西方，Toshi 代表東方），開始快樂地進行交流，互相欣賞並學習對方的文化。

我們許多時候也會帶著成見去看待與我們不盡然相同的人事物，我們會自以為是的認定：「我才是對的，他人的想法和做法根本不成道理！」這種褊狹的觀點，很容易讓我們成為井底蛙，失去許多向他人或向他種文化學習的機會。如果我們能像故事裡的 Lucy 和 Toshi 那樣，嘗試了解彼此，並接納對方與我們之間的差異，互敬互重，相互討教，如此一來，我們的眼界會開闊許多，而這個世界也會變得更祥和，許多不必要的糾紛與爭端都可以因此而免去呢！

too...to 句型

英文句型 too...to 的中文意思是「太……而不能（無法）……」，句子結構是：

主詞＋ Be 動詞／一般動詞＋ too ＋形容詞／副詞＋ to ＋原形動詞

例如：

It's too late to go to the cinema. 時間太晚，錯過了電影。

He is too old to walk quickly. 他太老了，沒法子走得快。

too...to 也可以代換成 so ＋形容詞／副詞＋ that ＋含否定意味的子句

例如：

It rains too hard for us to go out.

= It rains so hard that we can't go out.

雨勢太大，我們無法出門。

注意：to 後面加原形動詞；

that 後面加子句，即要有主詞和動詞。

It rains too hard for us to go out.

too...to 這個句型對孩子來說會產生困難的地方在於，這個句型裡並無 no, not 等否定的字眼，但本身語意上卻是否定句。其實也不用刻意要孩子強記 too...to 就是「太……而不能（無法）……」的意思，然後每次出現 too...to 的句子，就拿中文「太……而不能（無法）……」去套出句子的涵義。太常使用中文腦去思維英文句子，學起英文會變得很卡，也會很容易在學到一個程度後就遭逢瓶頸，有無法突破之窘境。

你可能要問：「那如何協助孩子培養英文腦？非得把孩子送到英語系國家、讓孩子鎮日沉浸在全英文的環境不可嗎？」並非我們每個家庭都有這樣的能力和經濟條件把孩子送出國念書，但我們可以給予孩子大量的英文閱讀素材，繪本、讀本或線上各式各樣的多元閱讀資源都好，孩子讀得量多，就能逐漸掌握與習慣英文的表達方式，就能直接用英文去思考，無須每讀一句英文，就要在頭腦裡轉化為中文來理解。

總歸來說：學文法是為了溝通、是為了幫助我們理解我們所閱讀的英文資料和書籍。學文法句型不該脫離真實語料，否則我們學的不是英語這個語言本身，而是在學英語這個語言背後的知識，那應該是語言學家的事，不該是我們的事啊！

Never Too Little to Love

Jeanne Willis 文
Jan Fearnley 圖
Candlewick

困難度：▮▯▯▯▯

繪本的男主角是隻小老鼠，名字是 Tiny Too-Little，牠正與一位漂亮的女孩談戀愛。可是女朋友長得太高挑，而小老鼠長得太矮小，牠想要親吻女朋友，卻親不著，只能抬頭仰望女友，這該如何是好？

不放棄的小老鼠開始找東西層層堆疊起來，希望將自己的身體墊高。牠找了頂針（thimble）、火柴盒（matchbox）、stilt（高蹺）、clock（時鐘）、蠟燭（candle）等物，還踮起他的腳趾尖（tiptoe）……。繪本的版面設計隨著小老鼠堆疊東西的過程，有著巧心的安排，可以讓孩子們對於小老鼠從頭到尾堆疊了哪些東西一目了然。當牠就快達到女友的高度時，堆疊的東西開始搖搖晃晃，然後所有東西撒落一地。小老鼠全部的努力功虧一簣，他好難過呀！

這時，我先不繼續往下翻頁，而是請孩子幫小老鼠想辦法，藉此聽聽孩子們各式各樣的創意發想。等我翻到長頸鹿那一頁時，孩子們恍然大悟，原來小老鼠的女朋友是一隻長頸鹿，名叫 Topsy Too-Tall。其實有許多孩子腦筋動得很快，他們說小老鼠要親長頸鹿並不需要那麼麻煩，就讓長頸鹿彎下身來，把脖子伸到小老鼠身旁就可以啦！這本繪本傳達出只要有愛，身高不會是距離。故事中小老鼠和

長頸鹿克服外在身型的限制，跨越種種障礙，終於可以相愛，這個過程與結局令人感到溫暖。其實，很多事情只要換個思維，便能迎刃而解，原先讓人感到愁眉不展的問題也不再是問題了！

繪本最後道出整個故事的主旨，就是以 too...to 的句型呈現的：

You are never too little to love. 你絕不會因為體型太小而無法戀愛。

形容詞子句

所謂形容詞子句，就是具有形容詞的功能，用來修飾名詞，稱為子句是因為它有主詞與動詞的結構要素，特別的是，它是由關係代名詞（who / which / that）所引導出來的子句。形容詞子句在句子中的位置是緊接在要修飾的名詞後面。因此，形容詞子句也有可能出現在句子的中間位置。

為什麼形容詞子句必須放在要修飾的名詞後面呢？這個順序和中文語法不同，中文習慣先出現形容詞再加上名詞，比如說：「美麗的女孩」，「美麗的」是形容詞，放在名詞「女孩」之前來修飾。而英文的話，若是要表達「美麗的女孩」，同樣也會將形容詞放在要修飾的名詞之前，而寫成：a beautiful girl。但如果形容詞的部分是片語或子句結構的話，就會把名詞寫在前頭，形容詞片語或子句寫在後頭，原因為何？因為英文句子強調要先把重點講出來，名詞所指涉的人事物其地位高於形容詞，所以名詞要先出現，形容詞位置則須往名詞的後面擺，於是就形成了所謂的「後位修飾」（形容詞放在後面的位置，由後往前去修飾前面的名詞）。

另外，學生們對於何時該用哪一個關係代名詞感到困惱。我會解釋，如果形容詞子句要修飾的名詞是人，關係代名詞就要用 who；如果是修飾事物，就使用which 當作關係代名詞。而 that 最好用，如果不是特殊狀況，它一般是既可用來修飾人、也可用來修飾事物的關係代名詞。

另一個學生們感到困擾的部分是，形容詞子句中動詞的單複數。我會告訴孩子，以形容詞子句要修飾的名詞單複數來決定子句裡的動詞該用單數還是複數。

Windblown

Édouard Manceau 文、圖
Owlkids Books

困難度：

如果看到一張小紙片，你會想拿來做什麼呢？如果你有好幾張不同形狀、不同顏色的小紙片，你可以拿來進行什麼樣的創作呢？繪本作者 Édouard Manceau 畫出不同形狀、不同顏色的幾片碎紙片在風中飄呀飄，然後拼湊成為各種不同的動物造型，包括小雞、魚、青蛙、小鳥、蝸牛等。這些動物都有話要說喔！來聽聽牠們說了什麼吧！

一開始我先帶著學生讀 *Windblown* 這本繪本，在學生對這本繪本的內容有基本了解後，請學生分組討論以下出現在繪本中帶有形容詞子句的句子涵義：

I am the one who cut the paper into the pieces that the chicken saw lying around.
（此句內含兩個形容詞子句）

I am the one who made the paper that the fish cut into pieces that the chicken saw lying around.（此句內含三個形容詞子句）

I am the one who shaped the wood that the bird made into paper that the fish cut into the pieces that the chicken saw lying around.（此句內含四個形容詞子句）

此四個含有形容詞子句的句子，由簡單到繁複，讓學生有機會挑戰困難的句子，頗能引發學生一關闖過一關的動機。學生在分組討論中，程度好的同學帶領程度較弱的同學一起找出形容詞子句所在，這比傳統講授式教學法更能引起學生的學習意願。

用繪本學文法句型的好處是，相同的句型會在真實且有趣的語境下不斷重複出現，孩子很容易理解並朗朗上口，比機械式的窮做習題來得有效且有意義。

如果您的孩子受困於形容詞子句的理解與用法上，和孩子一起朗讀 *Windblown* 這本繪本吧！一起來玩動動腦遊戲，與孩子共同來拆解這本書裡所有含有形容詞子句的句子吧！

A Friend Is Someone Who Likes You

Joan Walsh Anglund 文、圖
HMH Books for Young Readers

困難度：

這本小品文風格的繪本，雖然內頁內容沒有任何形容詞子句的出現，不過書名卻是典型形容詞子句的句型。

書名 *A Friend is Someone Who Likes You* 中的 Who Likes You 就是形容詞子句，關係代名詞 Who 是子句的主詞，Likes 是子句的動詞，這句形容詞子句是要修飾名詞 Someone。Someone 是第三人稱單數，所以子句裡的 Likes 就要使用單數動詞，也就是在 like 字尾加上 s。

另外，可以藉由書名這個句子裡頭的形容詞子句，再次向孩子強調，當關係代名詞是形容詞子句裡的主詞時，它即扮演著重要角色，因為子句的主詞和動詞缺一不可，所以不得省略關係代名詞。換句話說，倘若關係代名詞在一形容詞子句中並非扮演主詞角色，其存在便可有可無，可以省略之。

延伸活動

介紹完這個句子後，我會讓孩子進行仿作練習，請學生為「朋友」一詞下個定義。以下是學生的仿作：

A friends is someone who always stands by you.
A friend is someone who you like chatting with.
A friend is someone who won't let out your secret.

也讀讀這些繪本吧

Olive and the Big Secret

Tor Freeman 文、圖
Templar

困難度：▯▮▮▮▮

你看過教室的黑板上寫著誰喜歡誰的字樣嗎？有沒有聽過班上流傳著誰暗戀誰的耳語啊？有沒有朋友跟你說祕密，要你絕對不能說出去呢？這個故事一定會讓小讀者深有同感地開懷大笑，也會勾起大人們學生時代不少的回憶呢！

Molly 告訴好友 Olive 她暗戀的對象是誰，然後對 Olive 說：「這是祕密！不能告訴任何人！」怎知 Olive 是個守不住祕密的小孩，她遇到 Ziggy 時，就很想說出這個祕密，但她忍下來沒說。不過她終於還是告訴了 Joe，自己都守不住祕密，還要求 Joe 保守祕密，結果 Joe 又說給 Matt 聽，Matt 再去說給 Lola 聽。豈料 Lola 竟是 Molly 無話不說的好朋友，Lola 得知這個祕密後，立刻跑去說給祕密的源頭 Molly 聽。Molly 的祕密被洩露了，她怒氣沖沖地去找 Olive 算帳，守不住祕密的 Olive 要倒大楣了！

故事進行到此，所有讀者關注的焦點應該是：「這個祕密到底是什麼？可以讓每個聽到這個祕密的人，都好吃驚，而且忍不住想要再告訴下一個人？」故事這時呈現了一句形容詞子句的句型：

And do you want to know what Molly told Olive, who told Joe, who told Matt, who told Lola, who told Molly?

孩子看到這個句子，可能會心生疑問：「這個形容詞子句為什麼關係代名詞 who 前面要加逗點？」我會跟孩子解釋，當形容詞子句要修飾的名詞是專有名詞（例如人名、地名），或是代表獨一無二、「僅此一家，別無分號」的人事物時，名詞與形容詞子句之間就要加上逗點，這個時候，形容詞子句的功用就不是用來限定其前面的名詞，而僅做為補充說明名詞之用。比如說，若你就只有一個朋友叫 Olive，你就不需要給一個限定式的形容詞子句來限定你現在要指的是哪一個 Olive，這時形容詞子句之前就要加逗點；而倘使你有兩個朋友都叫 Olive，你要表達的是比較高的那個 Olive 時，形容詞子句前就不要加逗點。請比較以下兩個句子的差異：

I have two friends called Olive. Tonight I am going to the concert with the one who is taller than the other.

我有兩個朋友都叫 Olive。今晚我要跟比較高的那個去聽音樂會。→ 因為有兩個

朋友都叫 Olive，為了說清楚到底是要跟哪一個 Olive 去聽音樂會，所以必須用限定式形容詞子句，方能明白傳達。所謂限定式形容詞子句，就是用來限定要指涉的人或事物究竟是哪一個，也就是關係代名詞前不加逗點的形容詞子句。

Tonight I am going to the concert with Olive, who is taller than me.
今晚我要跟 Olive 去聽音樂會，她比我高。→ 我就只有一個朋友叫 Olive，所以不必用限定式形容詞子句來限定我現在要指的是哪一個 Olive。而非限定用法的形容詞子句其關係代名詞前要加逗點，逗點之後的形容詞子句只是用來補充說明 Olive 長得比我高。

看到故事最後，讀者已經迫不及待想知道 Molly 的秘密了，原來 Molly 有偷偷喜歡的人喔！到底 Molly 在暗戀誰呢？答案就在繪本的最後一頁，這次又是守不住祕密的 Olive 洩露答案給讀者啦！面對口風這麼不緊的 Olive，下次有祕密，千萬別跟她說！

延伸活動

這個故事很有戲，不妨讓孩子把這個有趣的故事轉換成戲劇演出來，一定很有趣，也能順便加強孩子的口語練習，以及練練上台演戲的膽量喔！

used to 句型

當我們要表達過去的習慣或過去經常做的事，英文使用的是 used to 句型，中文意思是「過去一向，過去經常；過去曾（而現在不再）做」。由於這個句型是表達過去的經驗，現在已經沒有這個習慣或在做這件事，因此 used to 就不會出現在表達現在的句子裡。此一句型結構如下：

主詞＋ used to ＋原形動詞＋…

例如：

I used to eat fast food. 我過去習慣吃速食（但是我現在不吃囉）。

She used to stay up late. 她過去習慣熬夜（但現在沒有熬夜了）。

My mother used to exercise in the park every morning.
我媽媽以前每天早上都到公園運動（現在則無此習慣）。

那麼，若是要表示現在持有的習慣呢？可用以下的句型來表達：

主詞＋ Be 動詞＋ used to ＋名詞／ Ving

例如：

I am used to morning jogging.
我習慣晨跑。（指現在有晨跑的習慣。）

She is used to getting up early.
她習慣早起。（指現在有早起的習慣。）

I used to get up early.

My father is used to drinking a cup of coffee every day.
我爸爸習慣每天喝一杯咖啡（指爸爸現在每天都有喝一杯咖啡的習慣）。

以上兩個句型孩子容易混淆，要提醒孩子：表過去習慣的 used to 後面要加原形動詞，表現在習慣的 be used to 後面則是加 Ving。適時提點孩子容易犯錯的地方、為孩子澄清迷思概念，對孩子的學習會有很大的幫助喇！

I Used to Be Afraid

Laura Vaccaro Seeger 文、圖
Roaring Brook Press

困難度：

這本繪本描繪孩子小時候可能會有的一些害怕經驗，比如說：怕黑、怕蜘蛛、怕犯錯、怕孤單、怕改變等等，文字使用了 used to 這個敘述「過去習慣」的句型，例如：

I used to be afraid of SPIDERS, but not anymore.
我以前害怕蜘蛛，但現在再也不怕了。

I used to be afraid of SHADOWS, but not anymore.
我以前害怕影子，但現在再也不怕了。

I used to be afraid of the DARK, but not anymore.
我以前害怕黑暗，但現在再也不怕了。

我喜歡拿這本繪本來教孩子 used to 句型，是因為從後半句的 but not anymore（但現在再也不怕了），即可讓孩子非常清楚了解 used to 所指涉的是過去，而非現在。

此外，家長記得提醒孩子，used to 後面要加一個原形動詞，當沒有合適的一般動詞可以放在 to 後面時，就需放一個原形 Be 動詞。孩子經常很容易把這個句型寫成：I used to afraid of spiders, but not anymore. 這個句子的錯誤就在於 to 之後少了原形動詞，正確的句子應是：I used to be afraid of spiders, but not anymore.

請提醒孩子別錯把 afraid 這個形容詞當成動詞使用喔！

我很喜歡這本繪本傳達的正向思維，以前害怕的事，為什麼現在不怕了呢？因為故事裡的小女孩看到了同一事物的不同面向，例如，以前怕蜘蛛，如今不再害怕蜘蛛，這是因為發現蜘蛛結的網好精細；她以前怕黑，現在不再害怕黑暗，是因為發現夜空很美很美。以前害怕一個人，如今不再害怕孤單，是因為發現自己一個人獨處的時候，可以安靜地看書，這不也很好？

這本書呈現孩子走出害怕之後，看見事物的美好與多樣性，且活得更有力量了，很棒，對不對？英文繪本絕對不只是拿來學英文而已，繪本是心靈的大補帖，我們可以從繪本中得到許多許多的正能量，這才是繪本的真正價值。

學生的仿作練習：

1. I used to be afraid of mice, but not anymore.

2. I used to be afraid of swimming, but not anymore.

3. I used to be afraid of watching thriller movies, but not anymore.

4. I used to be afraid of my math teacher, but not anymore.

5. I used to be afraid of being scolded, but I still am.

標點符號用法

記得以前流行過這樣一句：「下雨天留客天天留我不留。」這一長串的中文字，看起來根本沒有意義，但是若加上標點符號，這一串字就變得不一樣，而且標點符號出現在不同位置，形成的意思也會不同，例如：「下雨天，留客天，天留，我不留。」又例如：「下雨天留客，天天留？我不留！」你看！多了標點符號之後，這兩句的意思完全不一樣，這顯示標點符號有多麼重要！

標點符號在英文同樣重要，在一串英文字裡標示不同的標點符號，就會產生不同的意義，所以不要小看標點符號喔！

英文的標點符號（punctuation）包括：逗點（comma）、句點（period）、冒號（colon）、驚嘆號（exclamation mark）、問號（question mark）、引號（quotation mark）和撇號（apostrophe）等。

這些標點符號有其使用時機與規則，但是這些時機與規則都必須要視英文使用者當下想表達的語意而定，因此，決定該選擇使用哪一個標點符號之前，請先想清楚自己要表達的意思是什麼。

以下是各種常用標點符號的功能介紹：

逗號（ , ）：具有平衡句子的功能，讓一長串的單字不至於讀完後，有上氣不接下氣的感覺，它可以用來銜接一個句子中超過兩個以上的相同詞性單字，例如名詞、形容詞、副詞等等。此外，銜接主要子句與附屬子句，也是使用逗點。

句號（ . ）：一個句子結束時所使用的符號。

驚嘆號（！）：用來表達情緒。

問號（？）：表達疑問或提出問題時使用。

引號（"）：完整呈現一個人所說的話（內容必須忠於這個人所說的每字每句）。

撇號 （'）：呈現縮寫（如：I'm）、所有格與所有格代名詞（如：my sister's）。

一起讀繪本

**Eats, Shoots & Leaves:
Why, Commas Really
Do Make a Difference**

Lynne Truss 文
Bonnie Timmons 圖
G.P. Putnam's Sons Books for Young Readers

困難度：

作者在繪本的前言寫了一段小故事，描述標點符號標示在錯誤的位置，所造成的誤解。一隻貓熊走進圖書館，一面吃著三明治，一面拉著手中的弓箭在射靶，被圖書館員看見並制止，結果貓熊給圖書館員看一本書，說牠是隻貓熊，那本書裡寫著貓熊做什麼事。圖書館員翻開一看：

Panda 貓熊

Large black-and-white bear-like mammal, native to China.

原產自中國，外型像熊的黑白色大型哺乳動物。

Eats, shoots and leaves. 吃東西、射箭，然後離去。

這段話因為標點符號造成了貓熊的誤解，正確應該是：Eats shoots and leaves.（吃箭竹的嫩筍與葉子），因為標點符號誤標，害得貓熊誤解成「吃東西、射箭，然後離去」是貓熊的天性，哎呀！真是誤會大了呢！

接著作者再以兩句含有相同單字的句子，在不同位置標示標點符號，形成截然不同的意思。例如：

Go, get him doctors! 快去幫他找醫生來！
Go get him, doctors! 醫生，快把他抓住！

No cats, thank you. 禁止貓進來，感謝配合。
No cats thank you. 沒有任何一隻貓會感謝你。

Look at that huge hot dog! 看看那支巨大的熱狗！
Look at that huge, hot dog! 看看那隻熱壞的大狗！

The student, said the teacher, is crazy. 老師說，這個學生瘋了。
The student said the teacher is crazy. 學生說，這個老師瘋了。

由這些例句可看出，標點符號扮演著重要的功能，沒有它們，我們寫出來的一長串英文單字，都將變得難以閱讀，且語意容易遭到誤解。

Twenty-Odd Ducks: Why, Every Punctuation Mark Counts! 是上面介紹的 *Eats, Shoots & Leaves: Why, Commas Really Do Make a Difference* 之姊妹作，內容同樣是擁有相同英文單字的兩個句子，在不同位置標示標點符號之後，呈現出完全不同的意思。這兩本書差別只在於，上一本只介紹逗點，而這一本則有更多元的標點符號出現。藉由插畫的幫助，孩子更易分辨這些句子在語意上的差異。例如：

William brought an extra large pizza. 威廉額外帶來一個大披薩。
William brought an extra-large pizza. 威廉帶來一個超大的披薩。
The punctuation test is today.
今天有標點符號考試（平鋪直敘，不帶情感地敘述一件事情）。
The punctuation test is today?
今天有標點符號的考試嗎？（問號用在疑問句）
The punctuation test is today!
天啊！今天有標點符號的考試啊！（表達驚訝、錯愕的語氣）

家長與孩子們經由句子與畫面的比對，就能感受出這些句子描述的情境與氛圍，真的是完全不一樣喔！

也讀讀這些繪本吧

Greedy Apostrophe：
A Cautionary Tale

Jan Carr 文
Ethan Long 圖
Holiday House

困難度：❙❙❘❘❘

教室裡，所有的標點符號都準備好開始當天的工作，等著鋼筆主任前來發派任務，這時，貪心的撇號姍姍來遲。他對於要執行主任所下的指令，很不以為然，撇號說：「我們應該要讓讀者感到困惑混淆，這樣比較好玩！」

鋼筆主任來了，每個標點符號都上前領取當天的任務指令，只有撇號領得心不甘情不願，不過他還是前去 Timothy's 玩具店執行所有格代名詞標點符號的任務。只是不懷好心的撇號，不僅沒有好好執行指令，還隨便亂跑位置，結果出現了許多讓人們誤解、滿頭霧水的字眼，例如：PUPPET's、Marble's、KITE's……等。撇號不遵守指令，還貪心地到處亂跑、亂標示，引發人們的困惑與抱怨，終於被鋼筆主任抓回去閉門思過。作者還不忘在結局的畫面裡隱藏一句：greed ≠ good（貪心不等於是好的）。

撇號出現在表示持有的「所有格」和「所有格代名詞」（……的）中，例如：Mary's computer（瑪莉的電腦）；John's（約翰的東西）、the Coppers'（意思為「屬於姓 Copper 一家人的」，因 Copper 一家人不太可能只有一個人，所以姓氏Copper 之後加 s，以複數來代表他們全家人。複數名詞的所有格和所有格代名詞只需在複數的 s 之後加上撇號即可，無須在撇號之後再加上 s）等。

作者將標點符號擬人化，設計出如此趣味的故事，加深孩子們對於撇號使用時機的印象，孩子們可以在日常英文讀寫中多練習適當使用撇號喔！

Punctuation Takes a Vacation

Robin Pulver 文
Lynn Rowe Reed 圖
Holiday House

困難度：

有一群標點符號每天在教室堅守崗位，各個盡忠職守、表現良好，讓老師在黑板上寫過來，又畫過去，最後又要被擦掉，標點符號們永遠都不會抱怨。突然，一個艷陽高照的夏日，萊特老師（Mr. Wright）向教室裡的孩子們說，標點符號們終年辛苦盡責，應該讓他們好好地休個假，孩子們也高呼贊成。標點符號們起初不敢置信，但是當他們了解這是真的之後，便興高采烈地出發去度假了。

原本老師與孩子們認為，讓標點符號們去度假，對上課完全不會有任何影響。沒想到卻頻頻出現問題，孩子們看不懂老師寫的句子；老師也無法清楚教導孩子，黑板上的成串單字都顯得不合理，課程根本無法順利進行。

在此同時，遠在度假勝地的標點符號們，寄來一封又一封的明信片，告訴老師與孩子們，他們在假期中玩得多麼開心。每一種標點符號利用自己的功能，來表達明信片的內容，例如：驚嘆號的明信片，句句都讓人感到它對假期的興奮與驚嘆的心情（！）；問號則是不斷地提出問題，明信片上滿滿的問號（？），以下是問號寫的明信片內容：

Do you miss us? 你們想念我們嗎？

How much? 你們有多想念我們啊？

Why couldn't we take a vacation sooner? 為什麼我們不能早點來度假？

Guess who? 猜猜我是誰？

孩子們終於受不了這樣困惑的上課狀況，決定寫一封求救信給標點符號們，表達他們有多麼想念它們、多麼需要它們，以及它們對孩子們有多麼重要，希望標點符號們立刻回來教室，幫助孩子們順利上課。

原本愜意度假的標點符號們收到這封求救信之後，全都直搖頭，因為孩子們信中誤用標點符號的情況，簡直慘不忍睹，它們決定停止休假，重返崗位。大家看到標點符號回到教室，都感到歡天喜地。甚至連萊特老師也說，有了標點符號的幫助，讓閱讀與寫作都變得順暢多了。

The Case of the Incapacitated Capitals

Robin Pulver
Lynn Rowe Reed
Holiday House

困難度：▮▮▮▮▮

這本同樣是作家 Robin Pulver 與插畫家 Lynn Rowe Reed 合作的有關文法觀念的系列繪本，這個故事主要在談「失去功能的大寫字母」。

在美國，每年五月份的第一個週二是教師節（Teacher Appreciation Day），這天萊特老師有點心事重重，孩子們一直問他為何悶悶不樂。老師終於告訴孩子們教師節要到了，孩子們知道後，想到要寫一封信給校長，希望讓老師教師節那天可以放假。孩子們合力寫完一封信給萊特老師看，老師看完大皺眉頭，更加愁眉不展了。孩子們不明白這封信內容有什麼錯誤，萊特老師終於告訴孩子到底錯在哪裡？這封信裡從頭到尾都沒有大寫字母，教人要從何讀起呢？標點符號們也看不下去了，發出求救信號給字母急救大隊，前來拯救大寫字母們。到底孩子們寫給校長的信，內容有多荒謬？不妨找這本繪本來看看，並和孩子一同挑出字母必須改為大寫的地方吧！

作者也在內容中舉出需要呈現字母大寫的情況，包括專有名詞例如人名、頭銜、日期、星期、節日、街名、地名、國名等等。另外，句子的開頭也須使用大寫字母。而第一人稱單數的 I 也要記得永遠保持大寫喔！

孩子在讀過以上介紹的幾本繪本後，將更能精確掌握標點符號與大小寫字母的使用。

BKEE0189P
學習與教育

繪本100+，
輕鬆打造英語文法力

作者／李貞慧（水瓶面面）
採訪整理／王惠美
責任編輯／盧宜穗
封面設計／三人制創
插畫／水腦
內頁設計／連紫吟・曹任華
行銷企劃／林靈姝
攝影協助／劉潔萱

天下雜誌群創辦人／殷允芃
董事長兼執行長／何琦瑜
媒體產品事業群
總經理／游玉雪
總監／李佩芬
版權主任／何晨瑋、黃微真

出版者／親子天下股份有限公司
地址／台北市 104 建國北路一段 96 號 4 樓
電話／（02）2509-2800　傳真／（02）2509-2462
網址／ www.parenting.com.tw
讀者服務專線／（02）2662-0332　週一～週五：09:00~17:30
讀者服務傳真／（02）2662-6048
客服信箱｜ parenting@cw.com.tw

法律顧問／台英國際商務法律事務所・羅明通律師
製版印刷／中原造像股份有限公司
總經銷／大和圖書有限公司 電話：（02）8990-2588
出版日期／ 2018 年 2 月第一版第一次印行
　　　　　 2023 年 2 月第一版第九次印行
定　價／ 380 元
書　號／ BKEE0189P
ISBN ／ 978-957-9095-35-8（平裝）

訂購服務：
親子天下 Shopping ／ shopping.parenting.com.tw
海外・大量訂購／ parenting@cw.com.tw
書香花園／台北市建國北路二段 6 巷 11 號　電話（02）2506-1635
劃撥帳號／ 50331356 親子天下股份有限公司

繪本 100+，輕鬆打造英語文法力，用好故事，
一次蒐羅 33 個必學句型／李貞慧著；水腦繪.
-- 第一版 .-- 臺北市：親子天下，2018.02
224 面；17x23 公分（學習與教育；189）
ISBN 978-957-9095-35-8（平裝）

1. 英語 2. 句法 3. 繪本

805.169　　　　　　　　　　　107000435

立即購買 >